Le monsieur du troisième

Image de couverture : composition de Luc Deborde.

ISBN papier : 979-10-219-0329-6.
ISBN des versions numériques : 979-10-219-0330-2.

Roland Rossero

Le monsieur du troisième

Du même auteur :

Des «Cary» plein la bouche (récit)
Editions des écrivains – Nouméa, 1998

Contacts (nouvelles)
Editions Le Chien bleu – Nouméa, 2001.

Celle qui parle sans arrêt dans son jardin (nouvelles)
Éditions Le Chien bleu – Nouméa, 2004.
Éditions Noir au Blanc – Carpentras, 2013.

Fondus au noir (nouvelles)
Éditions Grain de Sable – Nouméa, 2007.

Nomade's land (roman)
Prix Popaï « fiction » SILO 2009,
Editions Amalthée – Nantes, 2009.

Arracheur de temps (roman)
Éditions Cinétics – Nouméa, 2011.

Allée simple (roman)
Éditions Noir au Blanc – Carpentras, 2013.

Corps à corps (roman)
Éditions Humanis – Nouméa, 2015.

Écran d'arrêts (roman)
Amazon KDP.

Rebrousse temps (récit)
Éditions Humanis – Nouméa, 2017.

*La ville est sous ma domination
et je suis la terreur.*

« L'homme invisible »
Herbert George Welles

PROLOGUE

Tu dors peu. Et mal. Toujours ces cauchemars récurrents. Ces images affreuses liées au Japon.

Un si beau pays, pourtant. Un endroit rêvé pour le visiteur. Avec de grands centres urbains aux lignes épurées, un sentiment de sécurité absolue, une hygiène tous azimuts, une gastronomie raffinée, une multitude de temples, une nature domptée par des paysagistes experts et d'inévitables cerisiers en fleurs.

Un pays où l'on feint aussi d'ignorer une hiérarchie prégnante, une discipline obsédante, un sexisme atavique et… de nombreux suicides.

Cette terre millénaire, bénie par des dieux réputés bienveillants, a cependant déchiré vos deux vies. En mille morceaux.

Déchirure

Joyau du temple bouddhiste Kinkaku-Ji à Kyoto, le Pavillon d'or exprime la sérénité. Les deux étages en pyramide de bois doré inspirent un calme respectueux, malgré les touristes qui se pressent à distance. Tout autour, la verdure, disciplinée par des horticulteurs minutieux, forme un écrin paisible. Le lac, sur lequel le Pavillon paraît flotter, est lisse. L'architecture divine s'y reflète en entier avec les cieux, les pins blancs et noirs, les grues en vol. Un miroir que de grosses carpes aux nageoires silencieuses n'arrivent pas à troubler. Symétrie des frondaisons bien taillées, sentiers pavés de pierres plates arpentés à pas mesurés, aires de sable sculptées par des dessinateurs habiles et légère brise pour faire glisser les ombres fugaces des rares nuages sur les cloisons d'or satiné contribuent à la beauté du tableau. Le vert tendre des feuilles et le jaune ambré du Pavillon semblent conçus pour attirer l'œil du peintre.

Et celui du photographe.

C'est à ces deux teintes que pense sûrement une touriste qui s'est écartée de son groupe afin de peaufiner ses cadrages. Grande et la quarantaine svelte, elle est assise en tailleur sur la rive en face du Pavillon. De sa position, elle distingue les deux toits en pagode dont les coins s'incurvent vers le ciel. L'édifice semble naître de la surface du lac. La femme a le dos calé contre le bas d'un tronc. On ne voit pas son visage masqué par l'appareil photo et une partie de sa longue chevelure brune. Sa main droite est figée en attente du déclic. Son bras gauche, rigide, soutient l'objectif. Elle patiente devant un de ses compagnons, au loin, incongru dans le cadre du futur cliché. Elle ne veut immortaliser que le Pavillon d'or et les éléments de la nature qui le ceignent. Elle guette le bon instant tout en savourant la sérénité de l'endroit.

Derrière elle, le paysage où s'entrelacent cèdres, bambous, anémones et rochers s'anime soudain. Une ondulation déforme l'arrière-plan naturel. Comme si une vague d'air frais soufflait sur cette image bucolique. Une déformation lente en sinusoïde, telle l'illusion de mouvement produite par une toile cinétique de Vasarely. De cette courbure douce, une lame effilée surgit sans bruit.

Un éclair métallique né de nulle part.

L'acier lui tranche la gorge au moment précis où son doigt appuie sur le déclencheur. Le bruit répétitif de la rafale photographique couvre le gargouillis de sa carotide sectionnée. Un jet vermillon éclabousse le vert alentour. D'un rouge plus déplacé que complémentaire. Les deux mains de la femme lâchent l'appareil et se portent à sa gorge pour y interposer une digue dérisoire. L'appareil, réglé en mode automatique, continue ses prises de vue en tombant dans le lac. Ayant basculé vers l'avant, le corps a encore quelques soubresauts avant de s'immobiliser au ras de l'eau.

Une mare de sang auréole rapidement la face plaquée au sol de la victime, puis se mêle en une lente volute dans l'eau du lac.

Incrédule, son œil droit fixe la terre qui boit sa vie.

La disparition de l'arme a été aussi preste que son apparition.

L'ondulation du paysage s'est reproduite en sens inverse.

La toile de fond est de nouveau immobile.

La sérénité reprend ses droits.

Souterrain

Mes paupières se soulèvent lentement.

Apparition.

Révélation plutôt — en fondu au noir — d'une image en plan fixe.

Puis, une succession de flashs.

Un espace carrelé, éclairé par une lumière crue.

Un torrent de personnes pressées qui se croisent.

Un large couloir de métro.

Des gens.

Pas n'importe quels gens, ce sont tous des Japonais.

Beaucoup avec des parapluies repliés, certains avec des masques en papier sur le bas du visage.

Quelques jeunes ont des écouteurs vissés aux oreilles et leurs doigts tapotent des écrans tactiles.

Un double flux. Certains sont impatients de sortir à l'air libre, d'autres vont s'agglutiner dans les tubes métalliques qui les transporteront ailleurs.

Mes yeux sont tout à fait ouverts désormais.

Mon regard fixe. Impossible de changer de cadre.

Je suis terrorisé.

Qu'est-ce que je fous là ?

Les secondes passent et toujours ce même interlude de passagers se hâtant sans me voir.

Parfois, un regard transparent m'effleure, et puis plus rien.

Aucun son, aucun bruit de pas, un film muet en plan fixe.

Faire, dire quelque chose, mais mes cris restent à l'état de projet.

Encore quelques instants à fixer le courant humain, et l'image devant moi s'estompe.

Le noir se fait de nouveau, la foule de Japonais se rétrécit en un halo minuscule. Une tête d'épingle.

Jusqu'à extinction.

Tu ouvres les yeux sur la tristesse de ton appartement charentais. Tu as dû t'assoupir quelques minutes. De maigres périodes que ton insomnie chronique t'octroie.

Pour ne pas devenir fou.

Surtout la nuit.

Ces rares répits sont remplis de rêves étranges ou sombres. Comme à l'instant. Tu n'aimes pas rêver du Japon, c'est si douloureux pour toi… Et pourtant, c'est la première fois que tu l'abordes par les couloirs du métro. Il y a du changement, tu ne files plus directement au Temple. C'est un léger progrès.

Maintenant, ton regard est dirigé sur le salon illuminé par les saccades de ton écran de télé et ses émissions nocturnes à la con. Le son, réglé bas, est tout juste audible. Pourquoi gardes-tu ce vieux poste alors que tu as banni un maximum d'appareils électroniques de ton environnement? Tu t'es dit que tu ne le remplacerais pas lorsqu'il serait foutu. C'est un modèle qui a échappé à l'obsolescence programmée. Il tient toujours le coup, comme toi. Entendre des voix ineptes, même ténues, te tient compagnie. La vie d'ermite a ses limites. Chaque fois, c'est la même chose, le petit écran te gave vite et son ronron ne te berce pas plus que ça.

Tu l'éteins en t'escrimant sur le bouton de la télécommande. Faudrait que tu changes les piles. Tu devrais fouiller les tiroirs de ton bureau pour en dénicher des neuves. Mais tu sais que tu ne le feras pas. As-tu des piles crayons en réserve, d'abord? Et puis merde, l'important est d'avoir aveuglé, tel Ulysse, le cyclope cathodique. Bien que tu saches que la pression de ton index le ressuscitera plus tard dans la nuit.

Tu te traînes vers le frigo et tu décapsules une bibine fraîche. Un infime moment de bonheur volé à ta déprime de noctambule en chambre. Delerm a si bien décrit cet instant avec sa gorgée universelle, sa mousse râpeuse qui procure un nirvana éphémère. Un délicieux picotement des bulles banderilles sur ta langue et contre ton palais avant la première déglutition régénératrice. Doublement régénératrice, avec cette canicule qui n'apporte pas de vraie fraîcheur nocturne et qui te cloître dans ton F2 en journée. Tu as au moins une excuse pour ne pas mettre un pied dehors. Car depuis une dizaine d'années, aucune saison, aucune température ne t'incite à sortir. Tu n'as pas envie de voir tes semblables. Pourtant, cette ville historique possède un charme indéniable. Les balades le long de sa rivière sont des moments privilégiés pour le promeneur solitaire.

Ton rêve étrange t'a flanqué le frisson et la nausée. Le dehors, même attrayant, et l'inconnu te font peur. Tu ne supportes plus tout ça. Tu as décidé de ne plus parler, de ne plus toucher personne.

Tu t'arranges pour aller acheter ton minimum vital à la petite épicerie arabe du bout de la rue lorsque les clients affamés à heure fixe l'ont désertée. Le patron, un vieux Marocain qui n'a pas traîné ses babouches dans son pays depuis quarante ans, connaît tes manies. Un hochement de tête à ton entrée puis, avec le sourire, il enregistre tes achats sans un mot. À ta sortie, il te gratifie rituellement d'un *À la prochaine, Inch'Allah !* auquel tu réponds par un *Merci, à bientôt* murmuré. Enfermé chez toi, tes journées sont semblables à tes nuits. Tout aussi improductives, inutiles. Sauf que tu sombres dans de brèves plages de sommeil. Sans rêve, celles-ci. Tu récupères un peu, même si tu te réveilles légèrement abruti et baignant dans ton jus. Tu n'as jamais opté pour un climatiseur et ton brasseur d'air — vestige de tes pérégrinations outremer — est handicapé depuis des lustres. Il tourne au ralenti, grince des articulations. Il est comme toi, il n'a plus l'âge des prouesses et des records de vitesse. Sauf que toi, tu ne tournes pas rond.

Dans le dico, tu as trouvé un mot qui correspond à ton emploi du temps monotone : *estivation*. C'est un phénomène similaire à celui de l'hibernation, lorsque certains animaux tombent en léthargie en période hivernale afin de s'économiser. Dans ton cas, ça se passe en été, durant les périodes les plus chaudes et les plus sèches. Idem pour les crocodiles qui ont tendance à s'enfouir dans la vase et les escargots qui ne sortent pas de leurs coquilles lors de grosses chaleurs. Une forme de vie ralentie pour surmonter des conditions ambiantes défavorables avec des fonctions vitales extrêmement réduites. La température corporelle baisse, la fréquence cardiaque et les mouvements respiratoires itou. Dans son sommeil vaseux, le saurien — tu te préférerais en prédateur des marais plutôt qu'en invertébré de Bourgogne prompt à finir en persillade — a besoin d'un minimum d'énergie pour ses fonctions vitales. Avant de choir dans cette inactivité, il doit donc accumuler des réserves de graisses et de sucre pour les métaboliser tranquillement. Contrairement au règne animal, ton inertie fait partie des non-périodiques qui se produisent pour surmonter — ou fuir — des difficultés. Cette catégorie fait écho à une grosse fatigue causée par une maladie, une drogue ou une blessure. C'est la troisième cause qui te concerne. La tienne est psychologique et béante. Elle t'a laissé sur le flanc.

Tu penses à tout ça en finissant ta topette en deux grandes goulées. Une éructation libératrice ponctue ton bonheur houblonné. Une bibine biberonnée, un rot, et te voilà tel un nourrisson souriant aux anges. Ta joie est de courte durée.

Depuis combien de temps n'as-tu pas eu une vraie conversation ? Les quelques mots échangés avec ta jolie voisine ne comptent pas.

Pourtant, parfois, t'aurais envie de prolonger un peu plus vos stations sur palier. Elle a compris que ça te coûtait déjà, les quelques vocables expédiés. Elle clôt le non-débat tout en ouvrant ou fermant sa porte.

T'es con ! Une belle jeune femme à portée de main et de voix, ça ne se refuse pas. Et puis quel sourire elle a !

Tu devrais peut-être…

Cela fait six mois que j'ai posé mes valises à Rochefort. Une ville plutôt bourgeoise avec un centre historique. Une agglomération tranquille, immortalisée par une comédie musicale et par un passé militaire datant de Louis XIV. Une ville pratiquement jamais citée dans les unes négatives des journaux. Un bon coin pour me retirer et passer inaperçue. Comme *le Monsieur du troisième*.

C'est le concierge, *Monsieur Paul* — les personnes âgées attirent cette formule de politesse et sa majuscule — qui a lancé la mode. Donner un surnom imagé aux locataires. Sûrement longtemps avant que j'atterrisse dans cette copropriété. *Monsieur Paul* est chauve, efflanqué, a l'œil vicelard et une haleine parfumée à l'aïoli. Je me demande comment ce cerbère décati m'a surnommée en privé.

Il me donne peut-être du *la demoiselle à côté du Monsieur du troisième*. Un peu long quand même. Ou alors *la demoiselle de Roche...* non, déjà pris par Jacquot de Nantes. Finalement, à voir son regard lubrique remonter le long de mes robes courtes, *Monsieur Popaul* — pourquoi je ne m'y mettrais pas moi aussi ? — a dû m'attribuer un sobriquet plus polisson.

Le Monsieur du troisième a certes un nom, mais je l'appelle comme ça. Comme tous les résidents de l'immeuble. Je l'ai croisé vers onze heures. Bref! Je rentrais et *le Monsieur du troisième* sortait. Tous les deux, côte à côte, sur le palier devant nos portes respectives. Ce qui est rare, car il vit claquemuré. Je reste parfois des jours sans le voir. Je l'entends peu, il est discret. Pourtant je suis sa voisine. Ma porte est collée à la sienne.

Le Monsieur du troisième m'a rendu mon sourire. Comme d'habitude. Lui, c'est un gentil, ou un qui a souffert, voire les deux. Il est encore pas mal physiquement, malgré la soixantaine entamée. Grand et mince, le blanc des tempes s'arborisant avant de se noyer dans une chevelure brune encore dense, un visage allongé et intéressant. Les yeux, surtout, qui sont tantôt bleus, tantôt violets. Et doux. Il a dû en tomber, des filles, avec un tel regard. Ma mère disait que les yeux sont caméléons, ils prennent la couleur de ce qu'on admire le plus. *Le Monsieur du troisième* a dû beaucoup regarder le ciel. Des lilas en fleurs aussi. Je l'imagine allongé sur le dos, en montagne, les yeux dévorant l'azur.

On sent qu'il ne fait aucun effort pour se vêtir. Il n'a aucune coquetterie. Il doit saisir au hasard quelques fringues pour sortir, appropriées à la saison. Les couleurs du pantalon et du pull pas vraiment assorties. Il n'y a que la chemise qui ne change pas. Toujours le même col informe qui dépasse, de gros carreaux bleus sur fond beige. Il doit dormir avec... pourtant elle paraît propre. Faut dire que je le croise si rarement. En ce moment, le niveau élevé du mercure aidant, il porte sa chemise fétiche par-dessus son pantalon de toile. Il est pieds nus dans des *dock-side* fatiguées. Aucun déodorant ni eau de toilette. J'ai le nez fin. Ça doit être le genre à n'utiliser que du savon de Marseille. Le gros cube authentique, saturé d'huile d'olive qui rend la peau douce. Lui donnant un air plus juvénile, sa chevelure négligée par les ciseaux réguliers d'un coiffeur est mi-longue et bouclée. Malgré ce laisser-aller et la tristesse qu'il dégage, il a de l'allure.

Du charme.

Je me demande ce qu'il fiche de ses journées. De quoi vit-il ? Il doit se poser les mêmes questions à mon endroit. Ou pas. J'ai l'impression que, de temps en temps, il pourrait me parler vraiment. En plus du sourire et du *Bonjour* susurré.

Sur sa porte, un bristol écorné est punaisé : *Madame et Monsieur P. Karban.*

Le nom a une drôle de consonance. On doit dire *an* ou *ane* à la fin ? Ce nom sonne géographique.

Apparemment, Madame ne vit plus ici. Il est seul, j'en suis certaine. À quel prénom pourrait correspondre le P ? Paul — non, pitié pas comme le concierge ! — Pierre, Philippe, Patrick, Philémon, Pépin…

Allez ! La prochaine fois, je lui tends la main, j'accentue mon sourire et je lui dis le mien… de prénom et lui demande le sien.

Chiche !

Encore ce mouvement lent des paupières.

Même position et même regard fixe sur le couloir de la station de métro japonaise.

Les flashs s'atténuent, sont moins brutaux.

Défilement urbain continu sans aucun bruit. Je redeviens un regard sourd.

Deux geishas. Deux taches fardées incongrues dans la masse uniforme.

Une très jeune et l'autre beaucoup moins. Mêmes tailles. Elles marchent à petits pas précieux.

Visages de craie blanche, sourcils peints en virgules horizontales, lèvres rouges redessinées au millimètre avec un sourire flottant.

Kimonos moirés, obis larges et portées haut, coiffures architecturales et symétriques avec ornements floraux.

Le maquillage fige les masques quasiment identiques de ces deux poupées, leur proposant une filiation.

Elles disparaissent de mon faisceau oculaire.

Trop étroit.

Émergeant du flot, une jeune fille s'arrête et me fait face.

Elle me regarde intensément.

Une collégienne avec un joli minois.

Teint d'ivoire, yeux en amandes et jolies lèvres roses. Une coupe au carré d'un noir de jais à la Louise Brooks.

Son uniforme la rajeunit encore. Le haut ressemble à un costume marin blanc et la jupe bleue plissée lui arrive au-dessus des genoux.

J'examine le reste : mi-bas clairs et mocassins noirs légers ainsi qu'un sac à dos.

Elle reste quelques secondes immobile, son visage est sérieux. Puis, elle sort un Smartphone de sa poche, me prend en photo, le range, se détourne et part.

Elle va sortir de mon champ de vision lorsqu'une force intérieure me propulse vers l'avant.

Fini le blocage. J'avance et, mû par une envie irrépressible, me retourne. Il y a un panneau publicitaire derrière moi. Plaqué sur le mur carrelé, le visage d'un business-man vantant le forfait d'un appareil électronique.

Rien à foutre ! Je veux la revoir avant qu'elle ne s'échappe.

Je la cherche des yeux.

Je reconnais sa silhouette, son sac à dos. Là-bas.

Elle prend la direction des trains de banlieue. Toujours autant de monde et toujours aucun son.

Personne ne fait attention à moi. Je suis invisible pour les autres et eux le sont aussi entre eux.

Je ne suis toujours qu'un regard. Je n'ai pas l'impression de marcher, de posséder un corps. Je me sens ondoyer dans une sorte de lévitation.

Pas le temps d'y réfléchir, je progresse.

Je la suis.

Je me rapproche.

Mais le halo de plus en plus minuscule rétrécit l'image de sa démarche élégante.

Jusqu'à extinction.

Tu te rétablis dans ta réalité déprimante. Quel connard de réalisateur peut tourner cette histoire dans ta tête ? Qui a appuyé sur la télécommande négative de ton cerveau ? Le Japon te hante, c'est normal. Pourtant, c'est la deuxième fois que tu n'endures plus le fameux cauchemar, celui qui a ruiné vos deux vies. Le seul bénéfice de ce passage insolite est d'avoir fait battre l'insomnie en retraite. Momentanément. Tu mates ton réveil, rare objet numérique rescapé de tes coupes claires : 2 h 30.

Fait chier ! Ta fatigue, la chaleur et… le reste ! Tout te fait chier ! Combien de temps t'es-tu assoupi ? Pas longtemps, ta carcasse pèse des tonnes en se traînant vers la mousse rédemptrice. Tu entends le ronronnement du climatiseur de la voisine. C'est ce qui a dû te bercer. Tu repenses à ton rêve différent. Vas-tu en renouer le fil la nuit prochaine ? Tu as envie qu'il se prolonge malgré le pays maudit dans lequel il te plonge.

Voilà que tu suis les petites écolières maintenant. Ça t'excite ? Mais non, juste de la curiosité, t'as envie de savoir la suite, comme dans les séries télé, lorsque la pub interrompt l'action en plein *cliffhanger*, quand le suspense est à son paroxysme.

Tant qu'à s'exciter, imagine ta voisine, allongée sans rien entre ses draps, odalisque alanguie dans la fraîcheur déversée de son climatiseur…

La *Kronenbourg* te rassérène. Tu l'accompagnes de quelques arachides naturelles que ton épicier marocain te glisse toujours en guise de cadeau. Il faudra que tu penses à renouveler ton stock de gâteaux sucrés, la prochaine fois. Ton frigo et ton buffet sont en manque. Tu peux tout bouffer sans prendre un gramme, et ça, depuis toujours. Tu stockes sans grossir, faut bien avoir un peu de veine dans cette putain de vie.

Cette séquence japonaise inhabituelle te turlupine. Et si tu notais ces premières images oniriques ? Les mettre au propre sur papier ferait filer le temps. Un but, voilà ce qu'il manque à ton désert insomniaque. Et puis, ça fait si longtemps que tu n'as pas écrit. Avant, tu ne pouvais pas t'en passer. Tu ne pensais qu'à ça et… à elle bien sûr.

L'époque où vous étiez DEUX. « Le contraire de UN » comme l'a si bien décrit Erri De Luca dans ses courtes nouvelles ciselées. Avec UN, on meurt de solitude, avec DEUX, on revit.

Toi, depuis, tu meurs à petit feu.

Écrire avec quoi, d'abord ? T'as tout bazardé, l'ordi, l'imprimante. T'en avais marre de te faire bouffer, cannibaliser par les multinationales géolocalisantes, *GAFA* et compagnie. Pareil pour *Shazam* avec sa musique désincarnée en boîte, ses pubs et ses vidéos qui te suivaient jusque dans les chiottes. *Shazam*, tu parles d'un nom ! Aller choisir la formule magique, un condensé des dieux de la mythologie, qui transforme le pékin moyen en Captain Marvel, faut être tordu. Eux, transforment n'importe quelle individualité en pékin moyen, repérable et prévisible. Le mot ésotérique métamorphose désormais non pas en super héros, mais en super zéro. Putain de progrès ! Du coup, t'as tout largué. Plus de box, plus de courriels. T'as même abandonné la télé câblée, résilié les contrats. TCM avec ses vieux classiques dont tu… vous ne vous lassiez pas. T'avais trop peur de tomber sur un film vu avec elle. Trop de souvenirs côte à côte auraient afflué.

Insoutenables.

Tu as juste gardé ta vieille chaîne stéréo et ta collection de vinyles que tu repasses en boucle. Le premier album de Led Zep, entre autres. *Dazed and Confused* sublime morceau de 6'30" qui colle à ton désespoir, *Sidéré et Déboussolé… si longtemps — ma douce, je ne sais pas où tu es allée… Mon adorable petit bébé, je ne sais pas où tu es allée…* Tes larmes coulent dès les premières notes de basse, rehaussées par celles, cristallines, de la guitare de Jimmy. Ça te fait mal. Ça te fait du bien. Tu ne peux t'empêcher d'y user ton saphir. Le disque gratte, depuis le temps. Tu essuies tes joues et soulèves le bras de la chaîne.

Penser à autre chose. Vite !

Tu torches ta bière et le nom s'imprime en gros dans ton lobe frontal avec son lettrisme d'origine. Marqué en lettres dorées sur le métal noir de la machine : *Underwood.*

Un modèle de 1929 avec quatre rangées de touches, ruban bicolore, commande par levier, trois interlignes réglables. C'était quand tu te prenais pour Dashiell Hammett ou John Fante. Tu te la jouais écrivain amerloque des années trente. Auteur fauché de romans noirs, avec le feu sacré. N'empêche qu'avec son crépitement métallique qui soûlait ton entourage, t'avais quand même pondu ton unique bouquin, *La mort dans lame*. Un titre changé par la maison d'édition qui avait préféré *Mortel puzzle*. Les jeux de mots en couverture passaient mal, soi-disant. Des femmes assassinées et mutilées aux quatre coins du monde par un psychopathe, s'évanouissant littéralement dans le décor. Le genre gore, à la mode, avait titillé plus d'un lecteur. T'avais raflé des prix avec — Meilleur policier horrifique, Grand Prix Hémoglobine, Meilleur Thriller fantastique, Prix Sang pour Sang. Tout le monde l'avait pris au premier degré, personne n'avait su lire entre les lignes. Pas grave, car tu n'y voyais que le non-dit, et elle aussi. Tu avais eu des tirages auxquels personne ne s'attendait. Ton éditeur en particulier. D'ailleurs, si tu peux encore remplir ton frigo de bibines, c'est grâce à ce polar. Il est toujours publié en poche et réédité. Tes droits d'auteur, pas si modestes, te maintiennent à flot. Tu es à l'abri du besoin. Et les tiens, de besoins, sont de plus en plus ténus depuis que…

Tu sais où est rangée ta machine. Dans le débarras du sous-sol pompeusement appelé cellier par le concierge. Tu vas aller la chercher. Tout de suite. T'as juste à sauter dans un futal et une chemise. Ta chemise. La vieille *Underwood* a besoin d'une révision complète, d'un décrassage. Comme toi. Tu espères que le réparateur tchèque porté sur les alcools blancs et qui a de l'or dans les doigts est toujours en vie. Avec son échoppe à l'ancienne dans le vieux centre-ville, c'était un artiste dans son genre. Tu l'avais connu lorsque… Diane — tu as du mal à prononcer son nom, même dans ta tête — était tombée dans un trou d'eau, en Ardèche sous une cascade, avec son appareil photo. Une glissade sur les rocs mouillés. Elle n'avait pas voulu t'écouter, avait préféré prendre un chemin plus risqué pour saisir une prise de vue unique. Diane était comme ça, têtue et solitaire parfois.

Tu l'aimais pour ça aussi.

Il avait pris son temps, le génie de la mécanique, mais le résultat avait été plus que probant. Il avait tout démonté, séché de la plus grosse pièce à la plus infime, tout remonté, tout vérifié.

Et ça avait marché.

Diane l'aurait embrassé, le roi de la bricole.

Son appareil photo argentique, elle y tenait tellement.

Autant que toi à elle.

Palier

Furibarde, j'étais, contre *Monsieur Popaul*. Quel vieux faux cul! Le saligaud m'a coincée contre les boîtes aux lettres. Un lourd sac de courses dans une main, la clé dans l'autre pour refermer ma boîte et deux factures dans la bouche, je n'ai pas pu m'esquiver. Et il en a profité pour me passer une louche grasse et traînante sur les fesses. Putain, la colère qui m'a prise! J'ai lâché le sac, craché les enveloppes et lui ai choppé les couilles. Et j'ai serré. J'ai cru qu'il allait calancher, vu sa pâleur subite. Sa trique s'est évaporée et j'ai desserré l'étau. Des bites, j'en ai eu ma dose cette semaine. *La prochaine fois, ça sera l'hosto et la chaise roulante pour toi, pépé!* J'ai éructé. J'ai récupéré sac et courrier et j'ai tourné les talons sans un regard. J'ai pris l'escalier quatre à quatre pour ne pas l'avoir dans mon champ de vision en attendant l'ascenseur.

Il gémissait encore quand j'ai atteint le premier.

J'étais à peine calmée en arrivant deux étages plus haut, lorsque *Vous êtes encore plus charmante quand vous avez couru*, la phrase du *Monsieur du troisième*, m'a scotchée net. Il venait de sortir de l'ascenseur avec un gros carton dans les bras. Je suis partie dans un fou rire libérateur. Essoufflée par la colère, les escaliers et le rire, ma poitrine en a profité pour se montrer encore plus effrontée sous le tissu léger de ma robe d'été. Il avait son charmant sourire habituel, en moins triste. Une aussi longue phrase dans sa bouche, c'était inespéré. Un compliment, en plus, et spontané, ça faisait un bail.

Il m'a remise d'attaque, ma contrariété s'est volatilisée et j'ai dit *Merci ! Je peux vous aider ?* Il avait l'air d'en baver avec son carton et cette chaleur quotidienne usante. J'ai posé mon sac, balancé mon courrier sur le paillasson et lui ai gentiment pris son trousseau des mains. Dans la manœuvre, j'ai dû effleurer ses doigts, car il a rosi. Nous étions très près, j'ai senti sa gêne.

Tout en faisant jouer sa clé dans la serrure, j'ai demandé, *si ce n'est pas indiscret,* ce qu'il trimballait de si lourd. Il m'a dit que c'était une vieille machine à écrire, une *Underwood.* Est-ce que je connaissais ? J'ai ouvert sa porte en grand et la conversation s'est prolongée sur le seuil. J'ai fait *Oui, bien sûr, comme dans « Hammett » le film de Wenders et Coppola, avec Frédéric Forrest.* J'avais à peine prononcé ça qu'il y a eu des étoiles dans ses yeux — franchement violets pour le coup. Il m'a demandé où et quand je l'avais vu. *Sur TCM, il y a peu !* Il est parti dans une logorrhée incroyable. Intarissable, qu'il était. Il m'a dit qu'il adorait le cinéma d'avant, pas par pure nostalgie, plutôt à cause des scénarii de l'époque, du montage qui prenait son temps, des acteurs qui faisaient rêver. Il était aux anges. Je lui ai trouvé un beau timbre de voix, sublimé par sa passion. Je l'ai écouté un bon moment et, apparemment, le carton ne pesait plus rien dans ses bras. Il l'avait oublié. Moi, je le regardais et je buvais ses paroles.

Excusez-moi, je vous embête, vous avez à faire, a-t-il dit pour conclure, *et merci pour la porte!* J'ai jeté un coup d'œil à l'intérieur. En voyant le désordre et le sentiment d'abandon, j'ai eu la gorge serrée. Mais, j'ai fait comme si de rien n'était. Il a pénétré à l'intérieur, s'est retourné et m'a gratifié de son beau sourire :

— Au fait, je m'appelle Prudent. C'est ma mère qui… je vous en parlerai peut-être un jour… je ne le confie jamais à personne. C'est tellement tarte et je ne m'en sers pas, à part pour la paperasserie administrative. *Le Monsieur du troisième,* ça me va bien, finalement. Je préfère.

J'ai haussé les épaules pour signifier qu'on ne choisissait pas son prénom.

— Moi, c'est Nadine.

Et là, son sourire s'est figé.

Dans un compartiment de train.

L'impression d'être assis sur une banquette.

Presque plus de flashs.

La collégienne japonaise est en face, coincée entre deux hommes d'affaires.

Mêmes costumes sombres, mêmes cravates passe-partout, même impassibilité. Normal, ils roupillent. Les trois-quarts du wagon roupillent. Sauf elle et quelques autres, concentrés sur leurs Smartphones. Toujours aucun son. Je m'habitue. Personne ne fait attention à moi. D'ailleurs, suis-je vraiment présent ? Pour l'être, il faut un corps.

Et je ne sens pas le mien.

Je m'attarde sur le panneau des stations. Au-dessus de la porte du wagon. Je note Yokosuka line. Mon regard redescend et tombe sur un jeune type qui, lui, a manifestement un corps. Et il s'en occupe. Tout en actionnant son pouce sur un écran, son autre main est glissée dans son pantalon de survêtement. Au niveau de l'entrejambe. Il se paluche. Et tout le monde — les éveillés — s'en tape. Détail sordide, il renifle de temps à autre le bout des doigts de sa main travailleuse.

Le train stoppe. Station Kamakura. Ma collégienne descend, comme beaucoup d'autres passagers.

Je la suis. Une horloge électronique affiche la date, je crois deviner entre les chiffres et les caractères le 15 juin 2018.

À dix ans d'écart, ce serait le lendemain de… Bordel de merde !

Nous quittons le quai pour un sentier touristique, c'est fléché japonais et anglais. Toujours ce silence pesant.

Des escaliers avec des marches en bois et en terre, des sentiers fleuris qui serpentent en montant. Une nature disciplinée par des sécateurs méticuleux. Je mets mes pas dans les siens, parmi des grappes de visiteurs qui s'effilochent dans les montées.

Une succession de temples Judodo, Sanmon, Ogane, Butsuden, Daihojo, des cours intérieures dallées, des toits en pagode, une cloche énorme. Nous croisons quelques moines, têtes baissées et silencieux, en robe jaune.

Une pluie fine se met à tomber. Brillance plus marquée du vert alentour.

Les touristes s'abritent, elle continue, la pluie ne semble pas la gêner.

Moi non plus. Je ne ressens rien.

Il n'y a plus que nous deux pour aborder le dernier escalier, et encore, suis-je réellement présent ?

Nous arrivons au sommet. La récompense est devant nos yeux. Shariden et ses deux toits superposés, dont les huit coins semblent prier le ciel. Une dent de Bouddha, relique sacrée, est conservée à l'intérieur. Je le sais, je suis déjà venu ici.

La jeune fille contourne l'édifice et s'approche de l'orée de la forêt, située à l'arrière.

Elle s'arrête tout près des premiers arbres, se statufie. Son bras tombe le long de son corps et son Smartphone lui échappe. Je le distingue à terre. Sur l'écran, bien visible, il y a sa dernière photo enregistrée. Prise dans le couloir du métro quand elle me fixait. Je devrais être dessus. Mais non ! Il n'y a que cette ridicule affiche, avec ce type et son sourire à quarante-cinq dents qui vantent des forfaits électroniques.

Je n'existe décidément pas.

Devant elle, le tronc d'un pin parasol semble onduler. Et, issu de cette ondulation nonchalante, un sabre courbe se matérialise. Le manche est tenu fermement sans qu'on puisse distinguer les mains qui lui font décrire un lent arc de cercle.

Je suis terrorisé. Je sais qu'il va s'abattre. Je veux crier. Rien ne sort de ma gorge. Comment le pourrai-je ? Je ne suis pas fait de chair. Le manieur de sabre non plus.

Le son fait enfin irruption. Le cri m'explose les tympans. Ce n'est pas le mien, c'est celui de la jeune fille.

Je visualise l'éclair de la lame, j'entends le chuintement de l'air lorsqu'elle plonge vers le cou tendre...

Et tout disparaît !

Tu te réveilles en sueur dans ton fauteuil. La bouche sèche. Vite, une bière ! Tu trembles en la décapsulant. Calme-toi, ce n'est qu'un cauchemar, ce n'est pas la réalité. Tu bois. La bibine te paraît amère. Aucun plaisir.

Juste le besoin de t'hydrater. Tu hésites devant ta platine. Non, pas tout de suite ! Après l'écriture, peut-être.

Ton *Underwood* est en place sur le bureau. Une feuille blanche déjà engagée. Tu savais que le rêve continuerait cette nuit. Tu dois tout retranscrire pendant que c'est frais dans ta mémoire. Tu t'assieds devant. Tu es maintenant plus apaisé. Ce sabre sacrificiel sorti de nulle part est comme un effet spécial de cinéma. Une illusion. Ce rêve te fait penser au « Predator » de John Mc Tiernan. Tu revois cet immonde Alien sur pellicule guettant ses proies dans la jungle. Ayant le don de se fondre dans le paysage, ses futures victimes ne le voient pas arriver. Seule une houle déformant la forêt, due au déplacement rapide de son corps silhouetté, le signale au spectateur. Dans un premier temps.

Ton rêve t'a secoué. Le Japon toujours. En épisodes. Le fait aussi d'être immergé dans l'action. Tout près. Et passif. Que peut faire un regard, à part constater ?

Constater… comme il y a dix ans.

Tu commences à taper. Le cliquetis des touches te fait du bien. Depuis que tu as rapporté l'antique machine révisée, tu retrouves tes sensations. Une vraie dactylo qui utilise tous ses doigts. Le vieux Tchèque — qui s'est déclaré Slovaque, avec un air courroucé quand tu t'es trompé sur sa nationalité — t'as accueilli avec une étincelle de plaisir dans les yeux et a accepté de te dépanner. Ta bévue sur son peuple a confirmé que tu ne l'avais pas vu depuis longtemps. Plus de vingt ans, au moins, depuis la partition de la Tchécoslovaquie en deux pays distincts. Il ne t'a pas fait payer, il a juste mentionné *Et bonjour à votre dame… quelqu'un qui aime autant son appareil photo, ça ne s'oublie pas…* Tu ne t'es évidemment pas étendu là-dessus avant de le remercier. Pour la gratuité et le plaisir à venir de taper sur une surface blanche

Tu as rapidement mis en pages les deux premiers rêves. Cette nuit, le troisième, beaucoup plus effroyable, te donne du mal. Surtout la fin avec le sifflement du katana et sa lame de soixante centimètres. Tu imagines les dégâts.

Tu les as déjà vus.

Tu termines le court texte. Le silence revient et ta bière, même tiède, te paraît enfin agréable. Cette machine est bruyante, tu vas réveiller tout l'étage et surtout ta voisine. Tu ne peux pas nier que tu penses souvent à elle depuis votre échange — ton monologue plutôt — sur le palier. Elle t'a troublé. Deux fois, coup sur coup. Avec ses petites tenues d'été, ses seins tendus sous le tissu. Et avec son prénom aussi.

Nadine, l'anagramme de Diane à un N près. Elle ne t'inspire pas de haine, loin de là. Cette fille est faite pour l'amour.

Vas-tu poursuivre au moins des discussions ? Ça n'engage à rien…

Si elle en veut plus — cette fille n'a pas froid aux yeux, ça se sent — que vas-tu faire ? Couper court à toute velléité ? Lui parler de ton histoire fusionnelle avec Diane ? Lui dire que tu étais amoureux, totalement. Que tu faisais corps et esprit avec elle. Que tu t'en souviens toujours, que c'est indélébile.

Ses heures heureuses encombrent ton subconscient.

Elles sont irremplaçables.

Elles te bloqueront toujours.

Même une simple passade physique te semble impossible.

Quotidien du 16 juin 2018.

Extrait du site Web — rubrique fait-divers – version internationale.

Sacrifice au temple

KAMAKURA CITY — Hier dans la matinée, à l'occasion d'une sortie scolaire, un groupe d'écoliers et leur professeur ont fait une découverte macabre. Un des élèves qui s'était éloigné dans les bois derrière le temple Shariden a buté sur le cadavre affreusement mutilé d'une collégienne. Ce temple fait partie du vaste ensemble bouddhiste Engaku-ji, situé à gauche de la Yokosuka line. Dès la sortie de la gare, les touristes nombreux peuvent y accéder à pied et admirer cet endroit, véritable trésor national. La jeune victime, dont le nom n'a pas encore été communiqué par la police, a eu la gorge tranchée par une arme blanche du type sabre katana. La tête était pratiquement séparée du corps, prouvant la violence et la brutalité du coup.

On peut imaginer le choc dans lequel doit se trouver le jeune garçon qui a été confronté à une aussi horrible image. Dépêchée sur place, une cellule psychologique a pris en charge toute la classe concernée par cette tragédie. Malgré les nombreux visiteurs dès l'ouverture de l'espace, et l'appel à témoin lancé aussitôt, personne ne s'est encore manifesté.

La population locale est doublement bouleversée dans ce haut lieu du Bouddhisme zen.

En attendant, les enquêteurs de la brigade scientifique venus spécialement de la capitale s'activent sur la scène de crime à la recherche du moindre indice.

NADINE

J'ai passé la soirée d'hier sur mon ordinateur. J'ai tapé sur Google le nom du *Monsieur du troisième* : Karban. Et j'ai lancé les recherches. Je n'ai abouti qu'à une petite ville du nord-ouest de l'Inde. Je savais que ce nom m'évoquait un terme géographique. Fausse piste.

En tapant Prudent Karban, rien. Personne ne s'appelle comme ça. Du moins, pas sur la toile.

J'allais abandonner quand une idée saugrenue m'a effleurée. J'avais installé un logiciel générateur d'anagrammes et autres jeux phoniques sur les mots. J'ai rentré toutes les lettres, nom et prénom. Des choses aberrantes et drôles en sont sorties. Les délires des cerveaux féconds de l'OuLiPo capables de sortir une centaine d'homophonies, simplement par jeu des mots, se sont bousculés dans ma tête. Amusée sans être satisfaite, je n'ai adjoint que la première lettre du prénom au nom. Toujours rien. Puis, j'ai pris seulement les deux premières lettres du prénom, adjointes au nom. Et là, un résultat m'a attiré l'œil : *K. Pranbar*. Je connaissais ce nom et le K, dans mon esprit, correspondait à Karl.

Karl Pranbar a été l'écrivain d'un seul livre, *Mortel puzzle*. Un polar macabre avec des jeunes femmes découpées en morceaux, un tueur insaisissable commettant ses forfaits dans différentes capitales du monde, sans mobile apparent pour relier les meurtres entre eux. Si ce n'était la méthode d'exécution avec des armes blanches sophistiquées. Chaque pays n'ayant à déplorer qu'une ou deux victimes, les polices nationales ne s'intéressaient guère à cet épiphénomène sanglant. Seul, un détective, Luc Paduret, un privé de la vieille école, style Philip Marlowe, s'obstinait à résoudre l'énigme. Je me souvenais de sa traque d'un invisible démon, doublée d'une descente aux enfers assez réussie.

Je l'avais bouquiné avec ferveur et célérité, l'année de mon bac. Le livre était déjà en collection Poche et continuait à fasciner les jeunes générations. Il pouvait se lire au premier degré, avec une trame policière solide, tout en laissant des espaces pour un lecteur plus sagace. J'avais été une de ces lectrices-là.

Avec un nom pareil, j'avais toujours été convaincue que Pranbar était un pseudo. Bingo ! Mon voisin était vraiment très *Prudent*. Mais pourquoi jouait-il les Salinger ? Certes, son bouquin avait eu un grand succès, mais il n'avait jamais été assailli par des hordes de journalistes, guettant le moindre de ses gestes. Comme l'avait été l'ermite du New Hampshire jusqu'à son dernier souffle. Malgré sa notoriété passagère, Pranbar n'était pas du même calibre. Ça ne collait pas, il devait être tout bonnement misanthrope. Ou avait eu un gros chagrin. La disparition de Madame, partie avec un autre ou décédée. Il ne s'en était peut-être pas remis. Sinon pourquoi l'avoir conservée sur le bristol punaisé à sa porte ?

Tout ce surf informatique m'a mis en retard sur mes révisions. Reprendre des études à vingt-cinq ans n'est pas une sinécure. Je suis moins endurante que prévu, avec les trajets jusqu'à la fac girondine. Il m'a fallu batailler pour reprendre mes automatismes scolaires et surtout intégrer l'éclectisme des cours de première année. Bref, un emploi du temps surchargé. L'histoire de l'art m'a toujours passionnée, c'est un rêve que je réalise. La masse de connaissances, même passionnantes, est un défi permanent. Jusqu'à aujourd'hui, je m'en sors. Il faut que je tienne encore deux ans. Ce qui me coûte doublement, c'est qu'il faut croûter, payer le loyer et entretenir ma guimbarde. D'où mon job intérimaire, net d'impôts.

Faire des gâteries buccales ou, à défaut, manuelles à des propriétaires de luxueuses limousines est d'un bon rapport. Mes tarifs sont raisonnables, bien qu'incluant une taxe perso pour amortir mon budget essence. La belle saison, a fortiori celle-ci très chaude, exacerbe les envies sexuelles des mâles. Je peux choisir, ne pas trop fidéliser ma clientèle — quelle plaie, un type qui s'accroche! — et surtout me replier chez moi dans cette petite ville fluviale à la population plutôt âgée où personne ne connaît ma double vie. Personne ne m'a encore repérée dans la zone de l'estuaire girondin, ni à Royan ni à La Rochelle. Aucune intervention de la Police, pour l'instant, et aucun maque dans les parages! J'ai juste dû doubler ma consommation de dentifrice. Merde, il faut bien faire bouillir la marmite, arrondir ses fins de mois. Le pécule amassé me permettra de tenir. Bien obligée de louvoyer entre l'art et le cacheton.

Paupières ouvertes et plus de flashs du tout. Les images oniriques sont fluides. Des bribes sonores. C'est nouveau. Comme si on montait ou baissait le son en permanence. Je suis sur le trottoir d'une étroite rue piétonnière peu fréquentée. Elle est joliment pavée et bordée de restaurants, de fleuristes et de boutiques de fringues. La lumière d'un petit matin allume doucement les façades en pierres taillées. Quelques hommes et femmes, élégants défilent devant moi. Des noctambules attardés.

J'ai été propulsé dans ce nouveau décor avec la même force que dans mon précédent rêve, celui, terrible, lié au Japon. Je me retourne et j'aperçois une affiche représentant un cuisinier italien caricatural qui tient une bouteille emplie d'un liquide doré. Il a une bouille de bon vivant, une grosse moustache noire et des yeux pétillants. Le slogan « L'olio Sasso, lo voglio sempre qui ! Sulla tavola!* » est enfermé dans un phylactère, émergeant de sa denture éclatante. On dirait le restaurateur croqué par Disney dans *La belle et le clochard*.

Retour au spectacle de la rue. Une jeune femme superbe, passante solitaire, focalise mon regard. Talons hauts, crinière brune, robe du soir écarlate avec ceinture large et allure de panthère. Un téléphone est accroché à sa taille.

---

* *« L'huile Sasso, je la veux toujours ici ! Sur la table ! »*

Moi, le clochard qui hante les rues, décide de prendre la belle en filature. Je suis sans corps et sans haillons. Je sens pourtant quelque chose, j'appréhende un contour enveloppant mon regard, une silhouette floue qui pourrait me donner de la matière. Je n'ai pas encore la sensation de marcher, mais ça vient.

Nous sortons de la ruelle et débouchons sur une immense place rectangulaire. Nous passons devant la statue de Giordano Bruno. Je suis à Rome, Campo dei Fiori. Je connais la ville éternelle. Je l'ai arpentée avec Diane, main dans la main. Je regarde le Dominicain, adepte de la libre pensée. Ressuscité du bûcher par le bronze, il fait la nique au Vatican. Il a toujours eu raison, tenant tête à la pompe ecclésiastique et à l'obscurantisme. Il est à nouveau debout, leur fait face à quelques encablures de la place Saint-Pierre. Je le salue intérieurement.

La belle Romaine a un balancement de hanches fascinant. Une brise légère soulève par instants sa robe de soie rouge. Elle ne se retourne pas, ne sent pas ma présence. Si elle le faisait que verrait-elle ? Un ectoplasme fluctuant. Un froissement de l'air. Rien !

Rome est vraiment une ville pour flâner, pour paresser le long du Tibre, pour changer de millénaire tous les cent mètres. Tout est proche, on peut frôler la maison dorée de Néron, visualiser la partie supérieure du Colisée et changer de direction pour avoir l'arc de Constantin en ligne de mire. Le piéton traversant toutes ces strates historiques y trouve une voie royale. Sans parler de Cinecitta, la Mecque du cinéma italien, qui a entendu les injonctions au mégaphone de Fellini, a résonné des essieux des chars de Ben-Hur et a fait chauffer à blanc les six-coups du western-spaghetti.

Celle que je file aurait pu y jouer une fille de saloon, une patricienne portant avec grâce la stola[**] ou une mondaine futile de la « Dolce vita ».

La belle poursuit sa route. Nous quittons les berges du fleuve, une fois l'île Tibérine dépassée. Je sais où cette Messaline m'entraîne. Vers un espace admirablement conservé, les thermes de l'empereur Caracalla, dont les ruines ocre, au loin, trouent le bleu du ciel. Il n'y a personne, lorsque nous pénétrons sur les pelouses parfaitement tondues que parsèment des morceaux de colonnes brisées. De hauts pins parasols projettent leurs ombres maigres sur les grands murs des péristyles. Encore fières, les hautes murailles incomplètes, faites de milliers de briquettes assemblées, témoignent de la magnificence passée. La disparition des toits et plafonds a transformé ces ruines en remparts. Une forteresse fantôme en pleine ville.

Je me rapproche d'elle. J'entends plus clairement le faible bruissement des feuilles, le frou-frou de la soie glissant sur ses cuisses. Nous sommes tous les deux dans la cour intérieure du palestre est. La demi-rotonde, en partie écroulée, et l'enceinte attenante culminent à plus de vingt mètres. Je suis conquis, comme lors de ma première visite avec Diane, par ce gigantesque gymnase à ciel ouvert. La femme qui me précède semble familière du lieu. Nous foulons à faible allure les allées intérieures aux mosaïques patiemment reconstituées, descendons en sous-sol dans la partie musée sans nous y attarder et repartons en sens inverse. Tout à cette visite onirique et érotique, j'ai oublié que le danger guette. Nous

---

** Vêtement traditionnel des femmes mariées de la Rome antique.

allons refranchir la haute porte d'accès aux thermes proprement dits, lorsqu'elle claudique brusquement et s'arrête. Elle plie gracieusement sa jambe droite et se penche sur le talon cassé de sa chaussure. Subjugué par sa pose, j'ai failli manquer l'ondulation sur le seuil de briques rouges. Ça recommence. Une épée courte sort lentement du mur. Comme le katana dans le rêve japonais. J'aurais dû m'y attendre.

Ici, c'est un glaive de Mirmillon, il s'élève au-dessus de sa tête.

Mon cri me surprend. Non seulement j'entends, mais je peux émettre des sons. Celui-ci est primal et l'a faite se retourner. Dans un réflexe, elle esquive un peu le tranchant de la lourde lame de gladiateur dont la pointe coupe sa ceinture, déchire sa robe à hauteur de l'aine. Le sang gicle de la longue entaille. Elle s'écroule. Son téléphone tombe à terre. L'arme disparaît, digérée dans les briques.

Je ne peux rien faire, pas même la relever. La dernière image entrevue avant le rétrécissement en halo est celle de son sang se mêlant au rouge de la robe.

Retour brutal dans ton fauteuil. Tu t'y attendais. Tu te savais dans un de tes rêves à tiroirs. Tu as même pensé à ton rêve précédent tout en déambulant dans celui-ci. Tu fonces vers la vieille *Underwood* et sa feuille vierge déjà en place. La bibine attendra, Led Zep aussi. Vite, tu dois tout noter. Ton rêve est de plus en plus détaillé. Tu pourrais presque enjoliver avec tes souvenirs de *Voyage en Italie*. Le film de Rossellini n'étant pas de mise, tant votre bonheur a été complet.

Si tu le pouvais, tu aurais envie de te replonger à la demande dans cet univers onirique. Pour étirer la séquence finale. La jeune femme en a-t-elle réchappé ? Grâce à ton hurlement, tu espères que le coup porté n'a pas été fatal. Malgré la proximité de la fémorale. Tu tapes frénétiquement pour effacer la violence de ton rêve. Un quart d'heure après, tu te désaltères à petites gorgées. Que signifient ces armes blanches sortant du paysage ?

Tu penses aux personnages de Paul Grimaud dans *Le roi et l'oiseau*, merveilleux film d'animation peaufiné pendant la majeure partie de son existence. Tu y revois les membres de la police secrète du tyranneau d'opérette. Affublés de chapeaux melon noirs, de moustaches épaisses en guidon de vélo et d'ailes de chauve-souris, épiant et traquant sans répit *l'adorable bergère et le petit ramoneur de rien du tout*. Ces séides vampires possédaient une cape qui, repliée sur le visage, leur permettait de se fondre dans les murs.

C'est ça ! Ton terrifiant tueur onirique se fond dans l'environnement. Tandis que tu finis ta bière, te reviennent les incroyables photographies de l'artiste chinois Liu Bolin qui se fait peindre le corps et, tel un caméléon raffiné, disparaît du paysage. Que ce soit devant l'étalage d'un vendeur de primeurs, au coin d'une rue, dans un magasin de vêtements, devant une fresque ou une affiche… il s'évanouit. Un badaud sagace peut le deviner après une vision attentive. L'artiste est seulement trahi par ses chaussures qu'il ne cherche pas à masquer.

Ton tueur en série doit opérer de la même manière, et sans oublier de maquiller ses pompes. Il doit seulement veiller à dissimuler l'arme derrière lui. Mais comment connaît-il l'itinéraire exact de ses victimes? Cet habile artifice demande un travail pictural prenant un temps fou.

Tu délires. Ne cherche pas une explication rationnelle.

Le rêve permet tout.

Pendant que tes doigts courent sur le clavier, tu réalises que ton rapport à tes cauchemars n'est plus le même.

Désormais, tu brûles d'être à la nuit prochaine!

Quotidien du 17 juin 2018.

Extrait du site Web — rubrique fait-divers – version internationale.

Bain de sang aux Thermes

ROME — Hier matin, suite à un appel anonyme, la police et les premiers secours se sont rendus sur le site des Thermes de Caracalla, ruines impériales incontournables pour les touristes. Malgré leur diligence, ils sont arrivés trop tard et n'ont pu que constater le décès d'une jeune femme sous le grand porche du palestre est. La victime, dont l'identité n'est pas connue à cette heure — elle ne portait aucun papier sur elle —, s'était vidée de son sang suite à une estafilade sur le haut de la face interne de sa cuisse gauche. Due certainement à une arme blanche, la blessure d'apparence superficielle avait, hélas, atteint l'artère fémorale. Ce qui expliquerait la rapidité de la mort.

L'indiscrétion d'un des carabinieri confirme la présence d'un témoin. Il s'agirait vraisemblablement de l'auteur de l'appel anonyme. Ce témoin aurait affirmé avoir vu l'arme, une épée de gladiateur littéralement jaillir du mur de briques derrière la victime. Tout ce serait produit très vite.

On conçoit bien qu'un témoin avec une déposition aussi fantaisiste n'ait pas eu envie de se faire connaître. Peut-être a-t-il été terrifié par ce qu'il a vu ou cru voir ?

Malgré la présence d'enquêteurs sur les lieux, toute la partie des Thermes non concernée par cette tragédie reste ouverte au public. On peut penser que des badauds avides de surprises macabres risquent, comme à chaque fait-divers sensationnel, de s'y presser nombreux.

CAFÉ

C'était la première fois que je voyais une machine à café aussi menue et aussi originale de forme. Elle était constituée d'une mini-cuve en métal posée directement sur le feu de la gazinière. Le couvercle de cette cafetière spéciale se prolongeait sur le devant par un petit plateau où les deux tasses attendaient le jet brûlant des becs verseurs attenants au couvercle par un manche en col de cygne.

Le Monsieur du troisième l'a remplie d'eau, avant de charger le filtre intérieur de poudre. *Du pur Arabica,* a-t-il précisé. L'arôme m'a chatouillé agréablement les narines lorsque l'eau vaporisée a parcouru le café moulu. En me servant, il a dit qu'il ne l'utilisait plus beaucoup, que s'enfiler deux tasses à la suite — *j'ai toujours eu horreur de gâcher un grand cru de caféine* — il n'avait pas besoin de ça. Déjà que son sommeil n'était pas terrible. Moi, j'en aurais bien pris trois, coup sur coup, ça faisait si longtemps que je n'avais pas bu un aussi bon café ! Le verre d'eau fraîche pétillante posé à côté de la tasse était délicieux. Aux petits soins, il m'a proposé une sucrerie marocaine pour accompagner. J'ai refusé poliment. Je me connais, je suis friande de tout ce qui est sucré et rien qu'à regarder un *baklava* dans une vitrine, je prends des hanches.

Dès mon entrée dans son appartement, j'ai vu qu'il avait fait un effort de rangement, même si tout n'était pas nickel. Le désordre entrevu la dernière fois n'était plus de mise. Rien ne traînait au sol et un aspirateur était visiblement passé par là. Lui aussi avait fait un effort, il était rasé de frais et son unique chemise avait récemment subi l'assaut du fer. Ses boucles semblaient également plus disciplinées. Un antique brasseur d'air couinait au plafond pour dispenser une hypothétique fraîcheur. Pour couvrir son grincement, un vieux vinyle jouait en sourdine, un blues électrifié déchirant que je n'ai pas reconnu. Devant mon regard curieux, et tout en posant les tasses au café mousseux devant nous, il a dit *You shook me, un Willie Dixon de derrière les fagots, Page à la guitare et Plant au chant.* Ce langage codé m'a définitivement persuadée que deux générations nous séparaient. Dans la foulée, il m'a précisé avoir acheté cette fantastique petite machine à café en Italie lors d'un voyage. Et son regard s'est voilé un instant. J'ai senti qu'il fallait faire diversion et je l'ai interrogé sur son prénom.

Il m'a répondu avec un léger sourire et en s'excusant d'être un brin didactique. Son prénom vient de l'adjectif latin *prudens* qui signifie «avisé et réfléchi». Il a prononcé ces mots avec un second degré évident, cherchant à se dédouaner de cette «leçon» par l'humour. Comme il était né un 6 mai, ses parents n'avaient pas cherché plus loin que le Saint du jour. Sa mère disait toujours *on est — ou on naît? — jamais trop prudent,* et, de fait, elle l'avait surprotégé. Dès qu'il avait pu se défaire de l'emprise maternelle, il n'avait fait que courir le monde et ses dangers, souvent relatifs.

Avant tout ça, il avait dû se coltiner la lourde croix de ce prénom désuet. Il a souri en m'évoquant s'être fait charrier un maximum, tant à l'école qu'au service militaire. Puis, sa gaieté avait soudainement disparu lorsqu'il avait dit *Prudent, j'aurais dû l'être, au moins une fois… une seule… pas pour moi.*

Et moi, comme une gourde : *Et votre femme, comment vous appelait-elle ? Par un petit surnom affectif ?*

Mais quelle conne ! Il s'est pétrifié, tête baissée et regard dans le vague. Je n'existais plus. Il était prostré dans un monde d'où j'étais bannie. Moi et tout le reste.

Fallait trouver quelque chose. J'ai fouillé rapidement la pièce du regard. La vieille *Underwood* posée sur un bureau encombré m'a sortie de l'ornière. C'était donc ça, le leitmotiv métallique que j'entendais parfois tard le soir. J'ai posé mon index sur une touche, l'ai enfoncée pour que le cliquetis le tire de sa torpeur. Et j'ai enchaîné *Vous écrivez ? Des histoires ?* Il est sorti de son trou noir et m'a comme redécouverte. Puis après quelques secondes de silence, il m'a répondu :

— Si j'écris ? Oui… Non… Pas vraiment !

— Et ça, c'est quoi ? J'ai fait, en lui désignant quelques feuilles dactylographiées à côté de la machine.

— Ça ? Oh ! Des petits trucs sans importance.

ORCHESTRE

Une lumière crue m'aveugle et je dois baisser la tête. Je pivote pour me mettre de trois quarts. Ce qui me fait reconnaître tout de suite l'endroit où je me trouve : le boulevard Poissonnière à Paris dans le neuvième. Une fin de journée avec des gens pressés s'engouffrant dans la bouche de métro à quelques mètres. Une queue se forme en contrebas. Je domine cette file comme si je la voyais en plongée. Les sons me parviennent en continu. Je suis persuadé d'être encore intégré dans une affiche. Quel genre ?

Je regarde la ligne d'individus patients qui avance très lentement et j'ai la conviction d'être à l'entrée d'un cinéma. Je me retourne complètement et crois deviner, sur ma gauche, la lueur de l'enseigne du grand Rex. Si je me situe non loin de cette célèbre salle de spectacles, c'est que je fais corps avec une affiche au frontispice du cinéma Max Linder. Je la connais très bien cette salle unique, nous y allions avec Diane, à chacun de nos passages dans la capitale. C'est pour moi, et les cinéphiles en général, la plus belle salle de Paris, la plus mythique. Confort et qualité de projection réunis. Plus de six cents fauteuils entre l'orchestre, le balcon et la mezzanine. Le Max est un monument incomparable, associé au nom du pionnier des grands comiques du cinéma muet.

Une volonté indomptable m'arrache de ma dimension de papier. Et me voici sur le trottoir à faire la queue à mon tour. Mon corps a pris de la consistance et je distingue désormais mes membres en semi-transparence.

Je suis le dernier de la queue, personne derrière moi. En plus des inévitables exclusivités, le Max Linder programme de grands films classiques qui ont marqué l'histoire du cinéma. Je regarde l'affiche du film dont je suis issu. C'est une reprise de Sam Peckinpah, la fameuse « Horde sauvage », western crépusculaire que j'ai toujours adulé. Je devais être une des silhouettes suicidaires de la « Wild bunch » en contre-jour, marchant, armes à la main, vers leur funeste destin, et dont les ombres étirées donnent depuis cinquante ans l'illusion du mouvement. L'affiche n'a pas changé malgré mon départ, elle présente toujours neuf silhouettes. La magie du rêve gomme les imperfections. Je suis entre deux, voire entre trois mondes à la fois, sans parler de celui où je me réveille. Est-ce bien le plus réel ?

Dans le serpent des futurs spectateurs, devant moi et je m'y attendais, une jeune femme. Cheveux courts et port attirant. Même en n'apercevant que sa nuque gracile, je devine qu'elle est belle. Elle n'est pas accompagnée, c'est donc une cinéphile. J'aimerais l'aborder pour une discussion qui nous rendrait l'attente moins longue. Mais suis-je visible et audible ? Je ne tente rien, heureux d'être grisé par son parfum. Après la vue, l'ouïe et le toucher partiels, voilà qu'apparaît l'odorat. Mon onirisme se perfectionne chaque nuit.

Du coup, je perçois aussi l'odeur de savon de Marseille qui me colle à la peau depuis mon plus jeune âge.

Je pénètre dans le hall fleurant les années trente. Un miroir tarabiscoté me renvoie une image qui faseye. Je me reconnais avec une dizaine d'années en moins, le physique que j'avais lors de la disparition de Diane. J'entre dans la salle sans ticket — personne ne réagit — et succombe aussitôt au charme de l'écran sphérique. Le balcon et la mezzanine sont pratiquement pleins. À l'orchestre, personne, excepté la jeune femme qui me montre son délicieux profil au centre du sixième rang. Je sais que ce sera la prochaine victime de mon cauchemar récurrent. Je me place à un rang derrière elle, mais décalé de deux fauteuils. Pour mieux l'observer, les alentours aussi.

Noir profond, la séance commence avec la fabuleuse séquence générique où, à la frontière du Mexique, de petits Chicanos s'amusent à faire combattre des scorpions dans une fourmilière avant d'y mettre le feu. Cruauté de l'enfance préfigurant la fin tragique de Pike et de ses compagnons. Un bijou inégalé que ces cinq premières minutes de pellicule. Je ne dois pas me laisser embarquer dans le film, car le danger est tapi, j'en suis convaincu, au milieu de ces fauteuils d'orchestre désertés. Je jette un regard aux spectateurs les plus proches — ceux de la mezzanine — et tous sont captivés par l'immense surface verticale où chevaux et cavaliers de la horde, entrant en ville, sont démesurés. Les scorpions commencent à être submergés par la masse grouillante des fourmis. Chaque hors-la-loi, en passant devant les jeunes entomologistes impitoyables, a le regard aimanté par cette arène miniature où se combattent, inégalement, une marée d'insectes gladiateurs et des aiguillons dérisoires d'arthropodes.

Je perçois un flottement de velours à quelques places de la jeune femme. Sur le même rang. Elle n'a rien vu, personne n'est capable de quitter l'écran des yeux. La magie des terribles images projetées est le meilleur allié du tueur. Tous, les jeunes bourreaux, les membres de la horde et le public ont les yeux rivés sur les insectes se tordant et crépitant sous la chaleur des flammes.

Le flottement des fauteuils se transforme en une silhouette.

C'est lui.

Il est debout et je vois briller l'acier d'un poignard mexicain, manche en bois ouvragé et solide lame large. Je me suis levé en même temps que lui. Nos deux contours sont prêts à s'affronter.

L'ombre tueuse semble avoir la même taille que moi. Je saute par-dessus la rangée de fauteuils pour m'interposer. Malgré la pénombre du cinéma, mon déplacement soudain alerte la jeune femme. Son visage quitte l'écran. Le poignard lance un éclair au-dessus de sa tête. En une seconde, ses traits se déforment en un hurlement silencieux. Mon bras intercepte le premier coup. La lame m'érafle sans aucune douleur. J'ai pourtant entendu le terrible bruit du tissu qui se déchire. J'ai une seconde d'inattention. L'autre en profite, sa main libre me chope à la gorge. Je sens son étau qui me paralyse. Le hurlement contenu de la jeune femme explose. La lame s'abaisse une seconde fois. Elle essaie d'esquiver. Trop tard ! L'arme pénètre jusqu'à la garde au-dessus de sa clavicule. Le sang asperge les fauteuils et l'écran. La salle s'allume brusquement et...

… te rétablit dans ton séjour. Une sueur froide t'inonde. Tu as encore raté ta parade. Tu n'as pas pu la sauver à temps.

Mais tu délires ! Il n'y a personne à sauver, c'est ta tête qui se perd dans les arcanes de ton imaginaire. Le tueur a reproduit une photo de Liu Bolin que tu connais et qui t'avait fasciné. Tout est net dans ta mémoire. L'artiste invisible, littéralement incrusté dans une rangée de fauteuils grenat, la salle de sa performance paraissant complètement vide.

Tu te lèves, vas t'essuyer le visage et sacrifies au rituel bière/*Underwood*/écriture. Tu évites de te plonger dans la face A du premier album du Zeppelin. Tu n'aurais pas la force de supporter *Babe I'm gonna leave you*.

Pour te remonter, et malgré la chaleur ambiante, tu enfournes des petits gâteaux aux amandes laqués au miel. Pourquoi ta tête malade a-t-elle convié Max Linder ? Certes, tu as toujours admiré ce génial acteur burlesque, mentor de Chaplin. Tu as toujours été troublé par sa dépression, son suicide, entraînant sa jeune épouse dans une mort injuste. La correspondance autodestructrice avec le film projeté dans ton rêve est évidente.

Que te réserve la prochaine nuit ? Dans quelle ville vas-tu l'affronter ? Sûrement une capitale étrangère que Diane et toi avez visitée. Tu t'y attends, tous ces rêves s'articulent dans un ordre précis. Cela commence à te terroriser, même si tu sais que tu ne risques rien. Tu voudrais déjà être plus vieux de vingt-quatre heures. Il faudrait peut-être confier ton malaise et tes peurs à quelqu'un. Pourquoi pas à la voisine, la belle Nadine ?

Elle va te rire au nez.

Pauvre vieux blaireau !

Tu rêves.

Même en plein jour.

64

Quotidien du 18 juin 2018.

Extrait du site Web — rubrique fait-divers – version internationale.

Film noir

Paris — Des gens qui meurent au cinéma, personne ne s'en inquiète. On y va même pour ça. Pour se faire peur, pour frissonner à l'aise dans son fauteuil en regardant des horreurs que les effets spéciaux toujours plus performants magnifient. On ne pourrait tenir le compte de toutes les stars ou de tous les figurants qui ont rencontré, sans dommage bien sûr, la grande faucheuse sur pellicule. De nombreux films ont également bâti leurs scénarii sur cette mise en abîme : un vrai meurtre dans une salle de cinéma tandis qu'un faux assassinat se déroule sur l'écran.

Contre toute attente, c'est ce qui s'est produit dans la légendaire salle du Max Linder, hier en fin d'après-midi. Une jeune femme a été sauvagement attaquée à l'arme blanche alors que, sur l'écran, était projeté le chef-d'œuvre de Sam Peckinpah « La horde sauvage ». La victime, se trouvant esseulée à l'orchestre au moment du drame, a été blessée grièvement à la poitrine. Les hurlements de l'agressée ont interrompu la séance et les autres spectateurs descendus en hâte du balcon et de la mezzanine, une fois la lumière rétablie, ont été tétanisés par le sang répandu. Comme si le sang contenu sur pellicule avait débordé sur les fauteuils. Malgré une intervention rapide du SAMU, le pronostic vital de la victime reste engagé.

Un unique témoin — par manque patent de visibilité dans une salle obscure — aurait vu un spectateur bondir vers la jeune femme. Choqué par ce brutal attentat, le témoin n'a pu fournir que peu de détails sur l'agresseur qui aurait, de plus, disparu très rapidement. Une enquête est en cours. Fermé hier en soirée, le Max a rouvert ses portes aujourd'hui après nettoyage.

CRACHIN

Les meilleures séances pour des branlettes tarifées au ciné — ou plus si affinités — sont celles du matin. En général, il n'y a pas foule, et il suffit de choisir un film qui ne marche pas trop. En seconde semaine — son exclusivité ne résistera pas à une troisième —, c'est le désert de Gobi en hiver. J'aime le cinéma, mais louper ces nanars ne me frustre pas.

Dans ces salles au programme sacrifié, on trouve toujours quelques solitaires, quelques égarés qui sont prêts pour l'usage d'une main experte ou de lèvres compétentes. Cette main ou cette bouche, ce sont les miennes. Je ne racole pas. Je m'installe juste avant le début du film. La salle est encore éclairée et l'on me remarque. L'uniforme de collégienne, mi-bas blancs, polo marinière et jupette plissée courte, attire le regard. Je dois juste me changer dans les toilettes, avant.

Parfois, je peaufine mon look en faisant coulisser dans ma bouche une maxi sucette avec des mouvements lents. Il y a toujours un intéressé — merci Gainsbourg — qui vient s'asseoir dans le siège d'à côté, dès que le noir se fait. Je négocie rapidement la somme, sans oublier les frais de bouche si j'ose dire. La friandise bâtonnée et le prix de ma place — je compte le plein tarif et non la réduction étudiante — sont évidemment en sus. Pas radine, la Nadine fournit le kleenex. Le CGR de La Rochelle est parfait pour le serrement de mon jeu de paumes.

C'est ce que j'ai fait hier pour la séance de onze heures, n'ayant eu cours que très tôt le matin. En sortant du multiplex, le crachin m'a surprise. La météo avait annoncé une dépression bienvenue. On allait respirer un peu mieux. J'ai foncé dans ma Twingo et, au retour, me suis arrêtée sur le parking d'un grand restaurant spécialisé dans les fruits de mer, à mi-chemin entre La Rochelle et mes pénates. C'était son jour de fermeture. J'ai attendu. Ça n'a pas tardé, une grosse bagnole s'est garée à côté de la mienne, alors que le parking était vide. Le type me regardait sans équivoque à travers la buée de sa vitre. J'ai souri, suis sortie et me suis installée sur son siège passager. Sans un mot, je lui ai glissé un papier dans la main avec écrits, la prestation à venir et le montant demandé. Il a acquiescé. J'ai quitté mon imper lentement en le gratifiant de mon sourire le plus salace.

Camouflé par la buée de plus en plus conséquente, vu l'élévation soudaine de la température, il s'est délogué dans l'urgence et sa chemise est sortie de son pantalon. Sans carreaux, juste avec de fines rayures beiges et bleues. Je ne sais pas pourquoi, mais au moment d'engloutir le sexe dressé du client, je n'ai pas pu m'empêcher de penser au *Monsieur du troisième*.

Angle mort

Il se tient devant le Pavillon d'or du temple bouddhiste Kinkaku-Ji à Kyoto. Pour coller au plus près de la bâtisse, il a franchi la barrière de bois censée contenir les visiteurs. Il l'a fait avec précautions pour ne pas abîmer les plantes au ras du sol et l'allée de sable fraîchement ratissée. On ne peut que remarquer sa grande taille ainsi qu'une chemise à gros carreaux bleus sur fond beige qu'il porte par-dessus son jean. Après avoir amplement mitraillé les dorures satinées du temple, son groupe a poursuivi la visite. Lui, sans appareil photo en bandoulière, reste immobile, savourant les bruits ténus de la nature, son regard s'attardant sur les toits recourbés. En fait, il attend, guette sa compagne qu'il aperçoit sur la rive en face, assise contre un tronc et prête à immortaliser le pavillon avec son *Canon*. Sous un autre angle moins convenu. Elle s'est isolée du groupe pour saisir l'instant, la sérénité du paysage. L'homme sait qu'elle aime imprimer dépouillement et silence sur ces photographies. D'où le temps d'attente, la patiente angoisse du photographe au moment du déclic. Elle ne photographie jamais personne, la nature et l'architecture lui suffisent. Elle tolère quelquefois un animal en arrière-plan, encore faut-il qu'il ne soit pas trop gros. Pour elle, l'humain est laid, il dérange l'harmonie par sa seule présence. C'est pourquoi elle attend, pour évacuer tout être visible. En mouvement ou immobile.

Il la comprend, ils partagent tout depuis si longtemps ! Malgré l'appareil photo en position et la masse de sa chevelure brune couvrant son visage, il pourrait dessiner ses traits du bout des doigts. Imaginer l'intensité de son regard à l'instant de sa concentration. Il s'attarde un peu. Non pour la taquiner, mais pour observer cette belle statue qu'il vénère, même de loin. Et aussi pour lui dire qu'il apprécie son travail, sa précision, la joie qu'il aura plus tard en découvrant le cadrage de ce souvenir commun. Pour lui signifier par sa présence fugace qu'il l'aime plus que tout. Qu'il veille sur elle.

Il se décide enfin à bouger et se glisse dans un angle mort. Il n'est plus dans le champ de vision.

Une minute a filé lorsqu'il entend un *plouf* lointain. Il pense à une grosse carpe qui veut se singulariser au milieu de ses congénères si discrètes. Un saut de carpe géante quand même intrigant. Il hésite à bouger, à sortir de son angle mort. Et si elle n'avait toujours pas appuyé sur le déclencheur.

Inquiet, il fait quand même deux pas de côté. Stupeur. Elle n'est plus contre le tronc. Elle… Ce qu'il voit lui coupe le souffle. Il fait demi-tour, saccageant le sable patiemment ordonné, se rue sur le sentier qui mène au pont de bois et à la rive d'en face. Il court comme un dératé. Il sait que chaque seconde compte. Combien de temps a-t-il attendu après le *plouf* ?

Beaucoup trop !

Il accélère tant qu'il peut, ses poumons brûlent, ses yeux débordent.

Il hurle enfin son prénom

Diiiaaannne !

Plusieurs fois à s'en déchirer les cordes vocales.

Aucune réponse.

MÈRES

Encore une salle de spectacle lentement révélée. Un immense théâtre à l'ancienne, tout en courbe, avec baignoires jouxtant l'orchestre, loges arrondies et saillantes, galeries sur deux niveaux. Les premières loges, où tout est dorures, dominent, tutoient la scène et son imposant rideau grenat, lourd de plis, dont les deux pans sont maintenus ouverts par de larges attaches. Des rampes lumineuses soulignent les bords des balcons. Quelques lustres impressionnants s'accrochent au plafond. La hauteur dudit plafond — orné de moulures fines en plâtre et de peintures délicates —, et le volume de l'ensemble font penser à une salle d'opéra. Mais nul spectateur n'est installé, ni dans les loges ni à l'orchestre, tous les sièges et fauteuils ont été enlevés au profit de rayonnages, de tables d'étalages et d'allées serpentant autour. Tout cet espace est une librairie aux ouvrages éclectiques.

Je connais ce lieu original, nous y avions traîné des heures, Diane et moi. Cet écrin, joyau du patrimoine artistique argentin est situé sur l'avenida Santa Fe de Buenos Aires. Je revois son frontispice élégant : *El Ateneo Grand Splendid*.

Une sensation de chocolat chaud crémeux me titille la langue. Images de nous deux assis dans le salon de thé, installé sur la scène et encadré par le lourd rideau de velours. Tiens, la réminiscence du goût, sens non encore activé, se met en place. Je suis déjà au sol. Je sens mes muscles, j'entends les échanges feutrés des lecteurs entre les rayons, le bruit des pages tournées, l'odeur d'un expresso frais sorti d'un percolateur. Je cherche l'affiche — il y en a une, forcément — lorsqu'un craquement de papier me fait baisser les yeux.

Un exemplaire de *La Nación* traîne par terre. Le quotidien, daté du 19 juin 2018, a été lu, déplié, froissé et abandonné. Je le saisis et prends, en pleine poire, la photo d'une vieille femme, tête coiffée d'un foulard blanc. Je n'ai que quelques notions d'espagnol et, cependant, les mots meurtre, couteau, victime, en légende, me paralysent. Chose étonnante, je sais traduire cette langue inconnue. L'article de la rubrique fait-divers, en regard, me foudroie. Je lis.

Place rouge

Buenos Aires — Hier, comme tous les jeudis après-midi, les Mères — et grands-mères — de la Place de mai s'étaient réunies pour leur ronde hebdomadaire. Un rituel effectué inlassablement depuis le 30 avril 1977, au cœur même de la dictature militaire qui a entaché notre pays. Tous les Argentins respectent leurs célèbres foulards blancs. Depuis que leur progéniture a été suppliciée puis assassinée dans d'innommables conditions, elles célèbrent son souvenir par cette rotation opiniâtre. Leurs paroles devant l'UNESCO ont frappé l'opinion : « Nous ne vendrons jamais le sang de nos enfants. Les réparations économiques nous répugnent, nous voulons la justice et la prison pour les assassins.

Nous ne voulons ni monument aux morts ni exhumation des morts, pas plus que de musée des morts. »

À ce jour, certains bourreaux courent toujours, tandis que d'autres ont été iniquement amnistiés. Même si la condamnation du colonel Alfredo Astiz, tortionnaire cynique, surnommé l'ange blond de la mort, a conforté les Mères dans leur démarche.

Hier, donc, la ronde touchait à sa fin lorsqu'une Mère de la place de mai a été agressée à l'arme blanche. Un coup fatal, dans la région du cœur, lui a été porté par un mystérieux assassin. La victime participait à cette manifestation depuis près de quarante ans. La place, habituellement blanchie par les foulards, a viré au rouge. Des témoins proches ont déclaré l'avoir vue subjuguée par l'arme du crime, un fillingo, lame de trente centimètres que les gauchos se glissent dans le ceinturon. Le couteau serait même resté en suspens quelques secondes avant de s'abattre sur la malheureuse. Personne n'a été capable de décrire l'agresseur. Que dire devant tant d'horreur et d'injustice mêlées ! Alertés par les cris et la confusion, des membres du gouvernement sont sortis de la Casa Rosada pour constater le drame et tenter de consoler ces femmes sur lesquelles le destin semble s'acharner.

Merde ! J'arrive trop tard ! Je suis perdu, à quoi va servir ce rêve ?

J'abaisse le journal. La vieille femme au foulard blanc, celle de la photo dans le journal que je tiens, est là, immobile, et me regarde. Vêtue de noir, elle paraît encore plus petite, son visage brun ridé est triste, ses cheveux blancs dépassent en courtes mèches du foulard, le prolongeant. Ses yeux noirs semblent perdus. Je n'ai pas le temps de me remettre qu'elle me tourne le dos et sort de la librairie. Je suis pétrifié. Comment peut-elle être vivante devant moi et décédée dans le journal ?

Je jette le quotidien et décide de la suivre. La rue animée avec son trafic, ses klaxons, son ciel bleu et la foule piétonnière, me surprend. Où est-elle ? Il me semble l'apercevoir assez loin qui trottine. Je me lance à sa poursuite le long des larges avenues et rues qui quadrillent l'immense capitale.

Je passe devant la façade tarabiscotée du Café Tortoni d'où s'échappent des effluves tentantes. Pas le temps de m'attarder. Je sue, les rayons du soleil chauffent mes joues. La vieille dame avale du trottoir sans répit et maintient inexplicablement un écart conséquent entre nous. Tous les piétons s'écartent devant elle. Pas le temps de détailler le parcours dans cette ville faite pour la flânerie. J'ai beau courir, m'essouffler, la vieille au foulard blanc me distance. Je commence à ressentir une fatigue musculaire. J'ai désormais un corps aux contours pratiquement définis, bien que je me sente toujours enfermé dans la bulle du rêve. Je m'accroche, je connais sa destination.

Les poumons en feu, j'atteins enfin la Casa Rosada du gouvernement et la Plaza de Mayo où elles ont l'habitude d'effectuer des rondes hebdomadaires. En sens inverse des aiguilles d'une montre, remontant ainsi symboliquement le temps afin d'arracher leurs filles et fils des griffes de Videla et de sa clique. Avec Diane, nous avions tourné avec elles, quelques années auparavant, sur cette même place.

Le cercle silencieux des foulards blancs est en mouvement lorsque j'y entre. Comment la retrouver au milieu de ses clones ? D'autres personnes — touristes, curieux, compatissants — circulent, je perçois l'émotion sur les visages. Je me laisse aller un instant, pris par l'atmosphère de commisération régnant dans cette ronde commémorative. Bouge ! Je dois réagir. Si je suis ici, c'est pour contrer le tueur, pour faire mentir le journal. Je la vois enfin. Je joue des coudes dans le flux pour la rejoindre. Mon corps répond, je me sens plus fort physiquement, je devrais pouvoir lutter.

Soudain, sortie du néant, la longue lame du couteau gaucho passe devant mon visage. Il va s'abattre sur la nuque de la vieille. J'intercepte le bras, le bloque.

Autour de moi, c'est la confusion. On s'écarte. La lame se dégage de ma prise et replonge. Je la bloque de nouveau. La vieille me regarde horrifiée. Elle est clouée sur place. Me prend-elle pour son assassin ? La panique autour de nous redouble. Je m'arc-boute, résiste et faiblis. Je fais jeu égal quelques secondes, c'est tout. Je manque encore de densité. J'entends le ahanement du tueur près de mon oreille. La lame en argent s'abaisse inexorablement. Je crie de toutes mes forces pour que la vieille s'échappe. Je cède...

... et tu te retrouves en nage, épuisé, avachi dans ton fauteuil. Il te faut vite taper tout ça, comme d'habitude. Tu te lèves et repousses l'interlude bière et musique.

Avant de te mettre au clavier, tu fouilles dans un tiroir où s'entassent des articles de journaux t'ayant marqué. Tes doigts collent au papier, toujours cette chaleur revenue de plus belle après l'intermède pluvieux d'hier. Tu déniches rapidement ce que tu cherches, une documentation sur l'association des *Madres de la Plaza de mayo*.

Comme elles, tu as refusé le deuil, pendant quelques mois. Tu as espéré stupidement que ce que tu avais vu sur la rive en face du Pavillon d'or n'était qu'une illusion morbide. Diane allait fatalement, un jour ou l'autre, pousser la porte d'entrée de votre maison avec un sourire radieux et son *Canon* en bandoulière. Tu as refusé la cérémonie, les funérailles. Ta belle-famille n'a pas compris. Ton absence de larmes les a choqués. Dix ans que vous ne vous êtes pas adressés la parole.

Ce rêve t'a fortement remué. Tu sens que tu pourrais parvenir à t'interposer complètement contre cet agresseur fantôme. Combien de nuits te faudra-t-il encore? Combien de cauchemars à supporter?

Celui-ci a été très éprouvant.

Tu as soudainement faim et soif. De gâteaux pyramidaux au miel et d'une bibine glacée. Tu dévores et bois goulûment. Tout en suçant tes doigts laqués au sucre, tu penses à Alfredo Astiz qui, comme le tueur de tes rêves, s'était mêlé à la foule de ces femmes et leur avait donné le baiser de Judas pour les désigner à leurs futurs bourreaux. Son visage juvénile les avait attirées. Sa face d'ange leur avait inspiré confiance. Sa blondeur cachait un sombre démon… Le pire de tous!

Puis tu te remets à farfouiller dans le tiroir.

Et tu tombes sur l'affiche!

AFFICHE

*F*ictions, recueil de nouvelles du célèbre Jorge Luis Borges, un des livres les plus achetés au monde, n'est pas d'une lecture facile. « *Modeler la matière incohérente et vertigineuse des rêves est la tâche la plus ardue à laquelle puisse s'attaquer un homme* », affirmait l'auteur. C'est indéniable, Borges a toujours mêlé avec malice mises en abîme et onirisme déroutant.

La réédition de ce recueil dans la collection Folio a innové avec une couverture particulière. C'est la reproduction, très colorée, d'un tableau figuratif flirtant avec la bande dessinée pop. On y voit un personnage en chapeau et veste fantaisie qui marche d'un pas décidé, dans une campagne stylisée, et tient, au bout de son bras droit tendu, une tête coupée de femme.

Pour l'occasion de cette réédition, l'Alliance française de Buenos Aires avait organisé une manifestation dans les locaux de la librairie, El Ateneo Grand Splendid. Maintenue par des fils partant du haut plafond, une immense affiche, représentant la couverture Folio, y avait été déployée pour la circonstance. Des affichettes avaient également envahi les kiosques à journaux qui pullulent dans la capitale. On trouvait, effectivement, à tous les coins de rue, ces véritables débits d'impressions, remplis non seulement de journaux, mais aussi de livres d'occasion — des grands classiques principalement, voisinant avec des magazines à l'eau de rose. Les Argentins sont des lecteurs assidus. Et aussi des auteurs. Pour preuve, le nombre de graffitis politiques, des phrases pensées et travaillées à la calligraphie soignée, ornant les façades des immeubles.

Lors d'un achat du quotidien *La Nacion*, tu avais demandé à récupérer une affichette. Le vendeur qui parlait un peu français avait gentiment accédé à ta requête. Après avoir décoré un mur du salon, du vivant de Diane, l'affiche fantasmagorique s'était repliée dans un tiroir.

Avec sa tête coupée.

À l'abri des regards.

En revenant de la fac, j'ai filé à mon appartement poser mes cours et, en sortant, je suis tombée sur le vrai-faux *Prudent* — j'ai du mal à m'y habituer — et son éternelle chemise à carreaux. Il rentrait ou sortait de chez lui, je n'aurais su dire. Sourires échangés et, là, impulsion. Je l'ai invité à m'accompagner. *Juste un petit tour,* j'ai fait, *quelques pas en ville, un café ou une glace en terrasse, une causette quoi !* Il a hésité, a rangé ses clés et a dit d'accord. En sortant de l'immeuble, on a croisé Monsieur Popaul qui intégrait sa loge. Pas fiérot, le bougre, en m'effleurant du regard. L'expression qui m'est venue a été *la queue entre les jambes* (et dans quel état !) Ça m'a rendue encore de meilleure humeur et, du coup, Prudent…, enfin Karl, a été plus détendu, moins pusillanime. Son pas s'est accéléré et je l'ai senti un chouia guilleret.

Nous avons parcouru des rues pavées à l'ancienne, portant des noms d'explorateurs et de corsaires. Vestiges de son passé colonial, les tulipiers de Virginie et les palmiers exotiques nous ont dispensé leur ombrage bienfaisant. Nous avons atteint l'Arsenal, véritable poumon architectural et économique d'une période révolue. Un quart d'heure plus tard, sans avoir échangé le moindre mot, on cheminait sur la rive droite de la Charente. Il n'y avait pas grand monde sur la voie de halage qui contourne l'arrière de la Corderie royale. Nous avons longé le bassin où se prélasse L'Hermione, reconstitution à l'identique du vieux gréement de Monsieur de Lafayette. La majesté de cette frégate royale n'a pas arraché le moindre coup d'œil à mon accompagnateur. Est-il blasé, dans la lune, ou indifférent ?

Nous sommes encore restés silencieux un bout de temps avec seulement le bruit de nos pas sur le gravier fin et le souffle des risées sur la surface de l'eau. J'étais aux anges, sans raison. J'ai quand même entamé la conversation, sachant qu'il s'en serait passé.

Vous ne vous appelez pas Karban ! En tâtonnant sur mon ordi, j'ai trouvé votre vrai nom. Vous êtes Karl Pranbar. Vous n'avez pas été assez… prudent.

Il n'a pas semblé très étonné. *Si, je l'ai toujours été, c'est mon véritable prénom. Il n'y a qu'une seule fois où…*

Son visage s'est fermé brusquement. Encore une gaffe de ma part ! Ça n'a heureusement pas duré et il a repris : *pas très difficile à deviner, je ne me cache pas vraiment.* Puis il a précisé que Karl Pranbar était un pseudonyme, son anagramme de plume pour un polar qui commençait à tomber dans les oubliettes des librairies. Je l'ai rassuré en lui avouant mon engouement d'adolescente à sa lecture, en qualifiant de « culte » son roman conseillé à de nombreux amis. Du coup, je l'ai questionné sur l'opiniâtreté de son détective Luc Paduret. Et comment trouvait-il les noms de ses personnages ? Plein d'autres questions qui me démangeaient depuis ma toute première lecture. Puis, j'ai quémandé une dédicace.

Il a souri à mes propos de midinette. Quand il a repris la parole c'était pour préciser que son pseudo avait été trouvé par sa… Il a marqué une pause, éludant le substantif, et j'ai compris qu'il parlait de sa femme. Elle avait déniché ce jeu de mots, car, à l'époque, il picolait pas mal devant sa machine à écrire. Et comme il prenait le bar de leur salon d'assaut — vidant tout ce qui passait à portée de son gosier — *Pranbar* collait phonétiquement à son addiction aux lignes et à l'alcool. Il s'est même esclaffé — c'était la première fois en ma présence — en se souvenant d'une blague récurrente entre eux, *vu que je n'ai écrit qu'un unique livre, j'aurais dû choisir Poinbar.* La glace était enfin rompue entre nous. Depuis notre tout premier coup d'œil échangé, je ne le sentais plus sur la défensive. Ses remparts se fissuraient.

On a continué notre marche en piquant au centre-ville et l'on a déboulé sur la place Colbert. Devant sa porte à l'antique, la fontaine centrale miroitait dans son bassin rectangulaire. Ses trois jets d'eau ténus étaient inaudibles dans le bruissement de la foule. Les boutiques semblaient fréquentées, les quelques terrasses refusaient du monde — tant pis pour le café prévu. Cette belle journée, rendant pimpantes les façades des vieilles maisons aux toits de tuiles rouges, avait vidé les logements pour une flânerie collective.

Je n'ai pas résisté à l'envie de courir et d'esquisser quelques pas de danse. Mes déhanchements et mes entrechats ont fait virevolter ma robe courte. Essoufflée et assurée de mon triomphe, je me suis arrêtée un genou en terre et les bras écartés, face à lui. J'étais heureuse et me suis mise à rire. J'ai tout de suite noté que Karl — Prudent sonnait vraiment trop tarte — était émerveillé. Il a même applaudi à ma chorégraphie sur laquelle planaient les silhouettes des sœurs Garnier. Je crois que mes cuisses découvertes l'avaient un peu émoustillé.

Les regards convergeaient vers notre couple. Nous nous sommes posés sur le seul banc encore libre de l'un des petits squares encadrant la fontaine. Le coin était ombragé. J'ai cru qu'il allait embrayer sur le film, sur l'arrivée de la caravane des forains par le transbordeur, sur les premiers sauts endiablés de George Chakiris et de Grover Dale, rythmés par les accords de Michel Legrand. Mais non !

Il s'est mis à me parler de sa femme, Diane — première fois qu'il prononçait son prénom — *elle est morte, il y a plus de dix ans maintenant.* Il a évoqué un voyage au Japon, *c'est là-bas que...,* et ses yeux se sont embués. Les mots suivants sont restés bloqués en travers de sa gorge.

Je ne savais plus quoi faire, alors j'ai pris sa main.

Il ne l'a pas retirée.

Grappes

Une brise marine agréable sur mon visage. Mes paupières s'entrouvrent. Un espace très lumineux. Je suis immobile, comme toujours. Devant moi, en perspective, deux larges wharfs. Je sais que je connais cet endroit, mais je dois réfléchir pour qu'un nom me vienne. Je suis à l'intérieur d'un hall à l'architecture moderne — verre, acier, membranes design en PVC pour la couverture — avec beaucoup d'ouvertures sur l'extérieur. D'où la sensation de lumière, ainsi que de brise caressante. Un guichet, des boutiques, un snack et une vue sur une petite baie calme. J'entends un bruit de moteur. Un ferry s'avance. Il est bondé. Normal, avec ce ciel, ce soleil et cette mer de carte postale. Le ferry plat à deux coques accoste, les employés travaillent rapidement pour libérer les passagers. Je ne bouge pas, je dois laisser débarquer tout le monde. Je suis trop en vue. L'affiche dans laquelle je suis intégré — c'est désormais un postulat — est sûrement trop exposée. Attendre le moment propice pour me métamorphoser en trois dimensions.

Quand le premier passager pose le pied sur le quai, tout s'accélère. Comme dans un slapstick de Mack Sennett, les débarqués quittent la salle de transit en saccades et la nouvelle fournée de passagers montent à la même vitesse dans le ferry qui repart dans la foulée.

Plus personne en vue, arrêt sur image.

Je saute sur le sol en souplesse. Je sens pleinement la réception sur mes plantes de pied, tout comme le jeu de mes muscles. L'affiche qui m'héberge est une pub pour la compagnie des ferries, vantée par la photo agrandie d'un type souriant, avec adresse et contacts. Tout me revient, désormais. Je suis sur l'île de Waiheke, à une demi-heure par bateau d'Auckland, en Nouvelle-Zélande. Un petit coin de paradis, si l'on prend soin d'éviter la horde touristique et les sentiers battus. Diane y avait fait de fabuleuses photos.

Je sens tout mon corps, dans le moindre détail. Je ne résiste pas à l'envie de pousser la porte des toilettes pour y observer mon reflet. Le miroir me renvoie très nettement ma bouille d'il y a dix ans. Comme dans le rêve parisien au Max Linder. J'examine mes vêtements passe-partout : une chemise unie bleu clair à manches courtes, un jean fatigué et des mocassins. Rien dans mes poches, ni argent ni papiers.

Je sors par la porte principale. Au-dessus, une horloge numérique affiche *June the 19th - 14 h 31*.

L'agitation des taxis et navettes a cessé, l'arrêt des transports en commun est déserté. Tout le monde a pris à droite, pour rallier la petite agglomération de Oneroa où nous avions chacun dégusté une douzaine de larges huîtres très grasses arrosées d'un Cloudy Bay frappé. La saveur resurgit dans ma bouche et mes cils se mouillent.

Je prends goût au rêve en cinq sens.

Je pars sans hésiter sur la gauche, afin de savourer le temps et le chemin qui épouse la découpe tortueuse de la côte déchiquetée. Je sais qu'au menu, il y aura des pentes sinueuses, des criques sauvages, la mer à l'infini, des collines herbeuses et « moutonnantes » ainsi que des parcelles de vignes chauffées au soleil. Même en plein songe, je choisis la grappe du raisin et ignore celle des touristes, je préfère la balade de deux heures en pleine nature aux cinq minutes motorisées d'asphalte.

J'attaque la première colline assez raide, je m'élève très vite et la vois au loin. Une silhouette féminine avec un sac à dos qui progresse régulièrement. Je force mon pas, j'ai envie de la rejoindre. Je ne doute pas un seul instant qu'elle sera la prochaine proie de l'invisible criminel. Je dois donc être au plus près pour la protéger, la sauver.

J'ai chaud et commence à suer. Soif, aussi, et je n'ai rien à boire. Je me rapproche de la randonneuse. Et la rejoins dès le sommet de la deuxième colline qui nous subjugue avec un formidable panorama. La crique en contrebas forme deux lobes très découpés, des roches brunes s'avancent en arcs pointillés dans la mer. La houle paisible ne forme qu'un très doux ressac. Le relief est sec, quelques arbustes et buissons s'agrippent sur la déclivité. L'harmonie entre les bleus du ciel et de la mer, le vert soutenu des végétaux, l'ocre de la terre et le brun sombre des rochers, est parfaite. Nous sommes tous deux muets. Elle se retourne, m'aperçoit et me sourit. C'est une jeune Eurasienne. C'est du moins ce que suggèrent ses yeux en amandes, son teint légèrement cuivré et sa silhouette longiligne. Elle me tend spontanément sa gourde. Je ne me fais pas prier, la remercie et bois avidement. L'eau fraîche ajoute à mon bonheur.

On reste silencieux quelques minutes, ébahis de tant de beauté brute, puis elle me parle en anglais, en néo-zélandais précisément, avec cette façon particulière de transformer les *e* en *i*. Elle me dit qu'elle habite l'Île sud, qu'elle veut camper ce soir sur une plage. Je lui réponds que ce n'est pas prudent pour une jeune femme seule. Elle rit à nouveau et dit qu'elle ne risque rien avec les gènes de son père Maori — c'est donc une métisse autochtone, stupide que je suis — et qu'elle possède une force intérieure que personne ne soupçonne.

Nous poursuivons notre chemin, descentes et montées se suivent sur ce terrain vallonné, ourlé par un océan miroir. Nous arrivons dans une prairie hérissée de quelques arbres où paissent des moutons mérinos. Le soleil à son zénith pose des flaques de lumière autour des animaux, accentuant leurs contours. Je ressens une profonde béatitude, perdu dans cet Eden avec une belle jeune fille dont j'ignore le nom.

Nous marchons côte à côte, en semi altitude, sans quitter de vue la mer omniprésente. Les premières vignes apparaissent au détour d'un virage. Les rangées de ceps bien alignés sont d'un vert uniforme, grappes encore immatures et feuilles se confondent.

Elle s'arrête, s'assied et me demande si j'aime la musique. Sans attendre ma réponse, elle sort un Smartphone de son sac et cherche une station radio. Je m'installe à ses côtés. Elle capte enfin un programme en clair. Ce n'est pas la musique escomptée, mais un flash d'information. D'une belle voix grave, le journaliste relate un fait divers. Comme s'il s'adressait à nous seuls.

Aujourd'hui, 20 juin 2018 à 15 h 40, la vigne a saigné. Notre époque est-elle à ce point détraquée ? La violence des jeux vidéo, la pornographie sur le Net ont-elles des répercussions néfastes sur les esprits faibles ? Même dans notre beau pays réputé tranquille ? Ce sont des questions que l'on pourrait effectivement se poser après le meurtre sordide perpétré dans le petit paradis touristique qu'est l'île de Waiheke. En effet, le propriétaire d'un vignoble réputé de l'île a découvert le corps sans vie d'une jeune randonneuse lors de sa tournée vespérale dans ses vignes. La victime a été poignardée dans le dos, la lame du couteau ayant pénétré entièrement et avec force au niveau des vertèbres dorsales supérieures. Seul le manche très ouvragé de cette arme particulière dépassait encore du dos de la morte. Plantée juste au-dessus de son sac, la longue lame taillée dans un os a sectionné la moelle épinière et atteint la zone pulmonaire, provoquant une hémorragie interne fatale, d'après les indiscrétions d'un membre des autorités sur place. La jeune fille fuyait-elle lorsque l'arme blanche spéciale a été lancée avec une grande puissance et précision par son agresseur ?

L'autopsie devant être pratiquée ce jour à Auckland devrait indiquer si cette malheureuse jeune personne a été victime de sévices sexuels ante ou post-mortem. Sa position et ses vêtements intacts démentent cependant cette hypothèse. La Police a retrouvé sur son Smartphone, tenu serré dans sa main, le dernier numéro d'appel composé. Ce numéro — le 111 — atteste qu'elle aurait tenté de prévenir des secours à 15 h 42.

La famille de la victime, originaire de l'Île Sud, est attendue demain par la Police criminelle.

Un employé de la compagnie des ferries dit avoir vu un homme la suivre sur le sentier côtier. Il se souvient de la jeune métisse quittant le ferry avec son sac à dos, ainsi que de son poursuivant qu'il a vu sortir des toilettes avant de se presser pour rejoindre la jeune randonneuse. Ce témoin inestimable a fait une description précise du suspect à la Police criminelle d'Auckland, venue rapidement sur la scène de crime. Un portrait-robot devrait être diffusé prochainement.

Je suis abasourdi. Le meurtre a déjà eu lieu, comme à Buenos Aires. La jeune fille éteint le flash d'actualités, elle me dévisage avec des yeux dilatés par la peur et l'incompréhension. Nous nous levons ensemble, très doucement sans nous quitter du regard. Elle tremble. Je veux lui dire que... que non ! Ce n'est pas moi, c'est...

Un mouvement ondulant du fond vert, sur notre droite.

Le tueur est là.

Il attaque avec furie, faisant voler en éclats ces images de douceur champêtre. Mes réflexes jouent à fond, je bloque cette masse de feuilles, de sarments et de grappes mêlés. Je crie à la jeune fille d'appeler du secours, la police. J'ai saisi la silhouette végétale par ses deux poignets. Comment, je ne sais pas. Je n'ai pas peur, je ne risque rien, quoiqu'il m'arrive. Je sais que mon réveil balaiera tout : souffrances et blessures. Ce n'est pas mon premier affrontement, je commence à connaître son protocole d'attaque. La longue lame immobilisée frôle ma joue. Elle est en os finement sculpté. Un os d'oiseau ? Un bréchet aiguisé ? Le manche en bois massif apparaît entre les phalanges feuillues et crispées du tueur. J'y devine un visage totem gravé.

J'entends la course de ma protégée. Elle fuit, elle m'a écouté. Je vais réussir cette fois, elle va s'en sortir. Mon tango mortel avec l'assassin, fait d'avancées et de reculades, est indécis. Nous sommes de la même taille et de la même force. Je l'entends grogner de rage. Ma résistance me fait jubiler. Cette allégresse est hélas fugace, un coup de genou de mon adversaire dans le bas-ventre me scie en deux. Je m'écroule et la vive douleur...

... te réveille. Tassé sur ton fauteuil, tu es anéanti. Tu tachycardes, ta poitrine est un tam-tam. Tu souffles profondément pour te calmer. Que faire pour contrecarrer ton adversaire nocturne ? Tu as eu l'impression d'une lutte égale pouvant déboucher sur ta victoire. Mais non ! Ce type sorti de ton imagination est coriace. Est-il vraiment imaginaire, d'ailleurs ? Tu es de plus en plus troublé par la réalité de tes sensations. Ce soir, le rêve était plus long que les précédents.

Tu vas boire ta bibine glacée en dévorant un gâteau au miel. Tu mets *Babe I'm gonna leave you*, blues Ledzeppien qui te semble approprié à ta déconfiture. Tu as encore laissé tomber une jeune femme entre les griffes du sadique au couteau. Peut-être s'est-elle échappée ? Elle avait l'air volontaire et sa force ancestrale semblait chevillée à son corps. Quand même, tu l'as laissée en pleine panade. La voix de Robert Plant n'arrête pas de monter dans les aigus et, comme à chaque écoute, elle te transperce.

Babe, baby, baby, I'm gonna leave you
I said baby, you know I'm gonna leave you
I'll leave you when the summertime
Leave you when the summer comes a-rollin'
Leave you when the summer comes along
Baby, baby, I don't wanna leave you
I ain't jokin' woman, I got to ramble
Oh, yeah, baby, baby, I believin'
We really got to ramble
I can hear it callin' me the way it used to do
I can hear it callin' me back home!

Une autre mousse pour te décaper le cerveau.

Vite !

Pense plutôt à Nadine, ta voisine si belle et si jeune. Qui ne risque rien dans cette ville assoupie, si ce n'est le regard outré des bourgeois du coin.

Rappelle-toi sa chorégraphie spontanée sur la place Colbert.

Sa robe virevoltante et le galbe émouvant de ses cuisses.

Et sa main qui a pris si tendrement la tienne.

Cela faisait si longtemps que tu n'avais pas eu un contact aussi doux avec une femme

Ça t'a plu, mon salaud !

*V*ous êtes sur un nouveau bouquin, n'est-ce pas? ai-je fait en le regardant droit dans les yeux. Il ne s'est pas détourné, n'a pas cillé. Karl, mon *Monsieur préféré du troisième*, est de moins en moins timide avec moi.

En rentrant, à seize heures, j'ai découvert un court message glissé sous ma porte : *Quelques sucreries maghrébines et une bière fraîche en fin d'après-midi, si ça vous chante. Comme dans toute bonne comédie musicale. PK.*

J'aurais dû réintégrer l'appart plus tard, rapport à mes activités parallèles en automobiles, mais le cœur à l'ouvrage n'y était pas. J'avais donc annulé ces heures sup'. C'était la première fois que je dérogeais à mon emploi du temps rigoureux. Sans me l'avouer, je savais que l'épisode de la Place Colbert me trottait dans la tête. Dans la sienne aussi, apparemment.

La baisse de température due au crachin n'ayant pas duré, la chaleur a de nouveau envahi l'espace et saturait nos pores. Rapport à un grincement chronique, son ventilateur tournait au ralenti. De toute façon, l'air brassé reste chaud. Tombant à pic, la bière fraîche a coulé dans ma gorge avec délice. Sans une once de culpabilité, je me suis ruée sur les cornes de gazelle et des pastillas sucrées fourrées à la viande que je ne connaissais pas. C'était si tentant à voir, et encore plus à déguster. Manger et boire en échangeant des banalités a effacé notre gêne mutuelle. La diversion est venue naturellement lorsque je me suis levée et rapprochée de la table où trônait l'*Underwood*. Un beau paquet de feuilles dactylographiées était empilé à côté.

C'est là que j'ai fait allusion à un nouveau roman.

Karl a confirmé qu'il essayait de s'y remettre, et même plus. Écrire était dur, un éternel recommencement pétri de doutes. Il m'a dit avoir l'impression de raconter la même histoire, de déconstruire sa publication — *Mortel puzzle* — pour mieux la réinventer. Pas du tout un remake, mais une réinterprétation très personnelle. Une sorte d'exorcisme pour se libérer d'un poids qui l'étouffait depuis trop longtemps. J'ai pensé illico que cela avait un rapport avec la disparition de sa femme et n'ai rien dit. Mes gaffes à répétition qui le rendaient triste, ça suffisait. D'autant plus qu'il a eu un air serein en tenant ces propos. Le tas de pages dactylographiées conséquent lui avait déjà fait du bien. Il a continué : *vous savez, on écrit toujours le même livre, la forme change, c'est tout. Et là, j'ai vraiment l'impression de me répéter, bien que le plaisir d'écrire soit intact et que je ne sache pas vraiment comment l'histoire va finir.*

Je brûlais de lui poser des questions sur ce projet, sur la trame, sur les personnages, étaient-ils nouveaux ? L'histoire était-elle aussi dramatique que dans la première version ? Cela me démangeait de prendre une page au hasard et de la lire. Il a dû saisir mon impatience, car il a clos le débat en disant *bientôt, vous pourrez, vous serez même la première à y jeter un œil.*

Je me suis rassise et ai succombé à une énième sucrerie. Il était content et n'arrêtait pas de rire avec les yeux. Il s'est levé, a fouillé dans son stock de vinyles et a choisi une pochette de la fameuse série *American Folk Blues. Un morceau dont je ne me lasse jamais, Rosalie de John Lee Hooker*, a-t-il précisé en posant le disque sur la platine. Puis, il a coupé le ventilo et son couinement inapproprié. L'intro de la guitare a captivé mes tympans et mis des fourmis dans mes jambes. La voix caverneuse de John Lee l'a transformé, rajeuni physiquement. Devançant mon désir, il m'a pris la main sans un mot et nous avons commencé à danser lentement en rythme. L'espace pour se mouvoir était exigu, mais nous n'avons cogné aucun meuble. Il était d'une souplesse étonnante. Ce morceau connu par cœur — il chantonnait *Rosalie, be my girl* — le transportait littéralement. Moi de même, un classique du genre ne se démode jamais. J'ai eu l'impression que son invitation et son pas de deux chaloupé étaient sa réponse à mes déhanchements suggestifs sur la place Colbert.

Le dernier accord nous a séparés. Il a lâché mes mains.

Nous avions, tous deux, le souffle court.

Il faut partir, maintenant, jeune fille.

Bien qu'excitée, j'ai acquiescé.

Mais avant de sortir, je lui ai quand même claqué une bise au coin des lèvres.

PARC

Le bruit de moteur du bus m'ouvre la fenêtre du rêve. J'ai juste le temps de voir le placard publicitaire à l'arrière du véhicule qui disparaît dans un nuage nauséabond. Tout en couleurs et gigantisme, il représente un jeune Océanien souriant, prêt à mordre dans un sandwich fast food démesuré que seule la laxité mandibulaire d'un tyrannosaure pourrait enfourner. Je sens parfaitement tout mon corps. Tous mes muscles tendus sont à mes ordres, tous mes sens sont en éveil. Je suis en pleine forme, contrairement à ceux qui s'empiffrent d'hydrates de carbone affichés.

Je suis en pleine nature, si l'on excepte la route asphaltée et désormais déserte de trafic. Je domine une ville tropicale, la végétation l'atteste, comme le visage du jeune dans la pub. Devant moi, un portail et un parc avec de grands arbres derrière l'arrêt de bus, symbolisé par un totem moderne en béton, complètement tagué.

Un bruit de pas sur ma droite, une femme d'âge mûr franchit le portail d'une démarche fatiguée. Elle a dû, elle aussi, descendre du bus. Une passagère normale ayant utilisé la porte. Enveloppé dans une robe mission bariolée, son corps un peu lourd possède un beau visage. Elle est Kanak. Je le sais, j'en suis certain. Le dernier voyage avec Diane, avant l'escale du Japon, nous avait amenés en Nouvelle-Calédonie. Je reconnais l'endroit, c'est le parc forestier qui surplombe le quartier de Montravel, Nouméa et ses baies. Le lieu est agréable, peu fréquenté et silencieux en semaine. C'est une belle matinée et, d'après la position du soleil, il vient d'ouvrir ses portes. Portant la même tenue que dans ma précédente virée nocturne, inutile de fouiller dans mes poches à la recherche de la moindre mon-naie. Je me dirige vers la réception que la femme Kanak ignore en empruntant la large allée qui descend vers la partie zoologique du parc. Je cherche une excuse, une phrase amusante, pour séduire l'employée du guichet.

C'est une jeune asiatique qui, à mon approche, me dédie un grand sourire tout en tendant un dépliant informa-tif du lieu. Les oiseaux superposent leurs chants et l'alizé modéré fait bruisser les cimes. À l'instant d'improviser une justification, je lis un panneau apposé sur sa vitre : *Journée portes ouvertes — Bonne Visite !* Le dieu de l'onirisme a encore frappé. Je m'empare du dépliant et la gratifie de mon plus aimable sourire. Je presse le pas, afin de ne pas perdre des yeux la visiteuse. Je n'ai plus aucun doute, c'est elle qui va affronter l'innommable. La routine meurtrière est bien installée dans mon cer-veau. Et, cette fois, je dois aller jusqu'au bout. Mener l'action à son terme, pour la sauver.

Nous sommes sans doute les premiers visiteurs, je dois contrer l'invisible avant l'arrivée des mères de famille avec leurs enfants. La journée gratuite va atti-rer la foule et je ne veux traumatiser personne. Même en rêve. Le sentier assez large descend en serpen-tant dans cet îlot préservé de forêt sèche. La femme marche vingt mètres devant moi, sans se presser. Je maintiens la distance, affectant l'allure du flâneur, nez au vent. Nous traversons des plantations d'araucarias, des cactus et, plus loin, une palmeraie. Les premières cages, noyées dans la végétation, apparaissent. J'aperçois un bois bouchon, un nom qui avait fait rire Diane. Ce nom est répertorié sur le dépliant avec ceux d'autres espèces endémiques à la Nouvelle-Calédonie. Suivent des noms d'espèces animales, tout aussi endémiques : le gecko géant de Leach, le corbeau calédonien, entre autres, suivis de leurs appellations latines. Je lève le nez dès les cris stridents des perruches dans les premières volières.

Toute la partie zoologique, faite de sentiers et d'escaliers empierrés, ressemble à un sous-bois. Calme et frais, seulement perturbé par les chants et cris des animaux. Nous dépassons l'enclos des timides cagous. Ils sont difficiles à observer, à moins de stationner un certain temps devant leur enclos sans faire de bruit. Nous laissons de côté la cage odorante des roussettes qui nous ignorent, accrochées têtes en bas et endormies sous la couverture de leurs ailes repliées. La lumière réapparaît lorsque nous débouchons sur une esplanade sertissant un petit lac. Quelques cygnes et de petits échassiers s'y prélassent ainsi que plusieurs familles de canards. Il me semble distinguer un groupe de flamants roses vers le bord opposé.

La femme s'approche d'un banc près du bord de l'eau et s'y installe. Je sens qu'il va falloir arrêter de jouer les touristes pour guetter mon adversaire. J'ai la foi, la conviction que Holmes va enfin terrasser Moriarty. Le salaud, il sait que je n'aime pas les lacs. M'en fous ! Je suis au taquet !

Pour cela je dois m'asseoir à côté d'elle. Je me pose le plus naturellement du monde en la saluant. Elle me renvoie un beau et bon sourire. J'entame la conversation tout en balayant des yeux les alentours. Discrètement. Elle a envie de discuter et m'apprend que cette promenade est quotidienne pour elle. Elle fait des ménages tôt le matin en centre-ville et s'arrête au parc avant de rentrer chez elle, dans les HLM de Montravel. Toute cette faune et cette flore lui rappellent sa brousse natale, dans le Nord de l'île. Elle a besoin de cette pause régénératrice. J'aimerais la questionner sur le nom de sa tribu, mais elle se tait subitement. Notre échange verbal s'arrête lorsqu'elle sort de son sac un exemplaire des Nouvelles Calédoniennes. J'ai le temps de lire la date : 21 juin 2018. Ainsi que la une qui ne me surprend qu'à moitié :

Mystère lacustre au parc forestier.

Ma glotte amorce un va-et-vient sonore. Elle ouvre le journal et, sans attendre, me fait la lecture à haute voix.

NOUMÉA — Hier, le parc forestier a été le théâtre d'un drôle d'incident. Vers onze heures, une femme de ménage mélanésienne, habitante de longue date du quartier, a poussé affolée la porte du commissariat de Montravel. Le policier présent a eu beaucoup de mal à enregistrer sa déposition pour le moins confuse. Après l'avoir calmée, le fonctionnaire de police a compris qu'elle avait été victime d'une agression. La main courante déposée, touffue et sibylline, relate des faits bizarres. La femme a dit avoir subi l'attaque d'un homme « couleur de paysage » et surgi de nulle part, alors qu'elle était assise sur un banc près du lac, situé en contrebas du parc.

La silhouette floue de la « chose » aurait brandi un sabre d'abattis pour la tuer. Heureusement, un visiteur assis avec elle sur le banc s'est interposé et l'a défendue en lui enjoignant de fuir. Ce qu'elle a fait sans se retourner. Sans la courageuse intervention de cet homme qu'elle n'a su décrire — tout s'étant passé si vite — pas plus que ce mystérieux agresseur, curieusement « invisible », elle serait morte, à ses dires. Elle aurait dit, en parlant de l'assaillant : « Il a surgi de la terre, il était la terre, l'herbe au bord du lac, aussi. ». Assurément des paroles incohérentes dues au choc, bien compréhensible.

Vers midi, plusieurs policiers ont accompagné la supposée agressée, toujours choquée, sur les lieux du « crime ». La reconstitution a été rendue difficile en raison de la journée portes ouvertes du parc, ce jour-là. Les policiers n'ont trouvé aucun indice ou objet probants — le sabre d'abattis notamment — près du banc concerné. Aucune empreinte n'a pu être relevée, vu le nombre de semelles des promeneurs ayant piétiné le bord du lac. Aucune trace non plus, du fameux sauveteur. La victime a été confiée à la cellule psychologique de la police. Trois jours d'arrêt de travail lui ont été octroyés. Depuis cet incident, le quartier bruisse d'histoires de boucans, de lutins et autres esprits de la forêt.

Elle replie le journal et explose d'un rire contagieux, propre aux femmes océaniennes. Elle se calme, enfin, les yeux brouillés de larmes joviales. « Vous vous rendez compte, dit-elle, ça s'est passé hier, ici même, les deux sur le banc. Ça aurait pu être nous ! »

Je n'ai pas le cœur à rire, je dois prendre la parole, lui dire que le journal relate ce qui va arriver aujourd'hui. Je dois tenter d'expliquer l'inexplicable, lorsque l'onde visuelle attendue déforme la rive à nos pieds.

Dissimulé sous sa peinture caméléon, le sanguinaire était allongé au bord de l'eau depuis le début, et nous ne le remarquons qu'à l'instant de sa position verticale. Je réagis à la nanoseconde et me dresse devant lui en gueulant « Courez ! Courez ! ». Je bloque l'arme fatale, un sabre d'abattis dont la lame neuve lance des éclats. Mes forces se décuplent, je suis comme Hulk, l'autre est tombé sur un os. Non seulement je le maintiens sabre en l'air, immobile, mais je suis convaincu que le bras de fer va tourner à mon avantage. Je suis de biais, pour éviter un coup de genou douloureux. La femme de ménage est loin à présent, je n'entends plus les pas de sa course maladroite ni son essoufflement. L'invisible plie, il est à genoux, le sabre d'abattis tombe à terre, inutile. Dans un ultime accès de rage, je plaque le bourreau à terre et martèle de mes poings ce que je crois être sa face. Toute la colère accumulée lors des rêves précédents explose, le sang se mêle à la peinture de son visage. Je plonge sa tête dans le lac. Le masque de couleurs et le sang se diluent. Sa tête, prisonnière de mon étau, et son corps tout entier se dissolvent.

Avant sa complète disparition, j'entrevois sa gueule.

Et on dirait que cette gueule...

C'est...

LA TIENNE !

Inconcevable !

Inadmissible !

Tout bascule autour de toi, si tu n'étais pas assis dans ton fauteuil, tu tomberais. Tu saisis la bière déjà décapsulée à portée de main.

Tu délires, c'est ça. Tu n'arrêtes pas de délirer depuis quelques nuits. Tout ça n'est que du vent... des images hallucinatoires issues de ton cerveau malade... malade de tristesse ! Si c'est toi, l'ignoble assassin, c'est que tu as massacré Diane. Impossible ! Les seules femmes que tu as éliminées, ce sont celles créées par ta plume dans ton unique bouquin...

Ton subconscient se venge, pauvre loque !

Tu finis ta bibine et tu vas mettre Led Zep à fond sur la platine, *Communication breakdown*, un putain de rock dur qui ne laisse pas souffler. Bonham est déchaîné sur ses tambours. Que va dire Nadine ? Ces décibels vont la réveiller. Peu importe, ce déversement musical te rassérène.

Ton cœur s'apaise. Tu baisses le son.

Tu vas dans le frigo et fais le plein de sucreries. Tu bâfres jusqu'à l'écœurement. Tu as du sucre glace autour des lèvres. Puis, tu te rassieds et réfléchis. Y aura-t-il un prochain rêve ? Tu te rapproches dangereusement du Japon. Tu t'aperçois que tu as fait le tour de la planète avec escales dans un sens Est-Ouest : Japon, Italie, France, Argentine, Nouvelle-Zélande, Nouvelle-Calédonie. La prochaine destination est fatalement un retour à ton point de départ.

Au Japon. Là où tout a commencé, il y a dix ans.

Tu sais que tu dois retourner au temple bouddhiste Kinkaku-Ji à Kyoto. Pour sauver Diane ou la perdre définitivement. Tu ne peux pas être son meurtrier, ce type est un manipulateur… Il se déguise, c'est ça ! Il te manœuvre ! Il n'est pas toi ! Il s'est travesti une fois de plus, car il a eu le dessous. Il se moque de toi, c'est un sadique ! Ne rentre pas dans son nouveau jeu !

Tu vas sauver Diane, elle ne mourra pas sous sa lame, tu en es convaincu.

Tu es désormais trop fort pour lui !

Elle vivra !

Tu as la tremblote, malgré la chaleur. Pense à autre chose ! Non, c'est impossible, elle est murée dans ta tête. Diane prend toute la place.

D'ailleurs, tu vas annuler le rencard que t'a fixé Nadine. Pas question de sortie au ciné et encore moins du petit dîner prévu chez elle.

La clim', les petits plats et plus, si…

Refuse poliment.

Même si c'est tentant.

Après ma bise sans équivoque, il fallait passer à la vitesse supérieure. Je me suis donc lancée en invitant chez moi mon voisin préféré pour une dînette en tête-à-tête. En gros, un plan Q que je devais détourner, enrober d'un leurre, afin qu'il soit accepté. C'est pourquoi j'ai programmé une séance de cinoche en hors-d'œuvre. Ça tombait bien, l'Apollo projetait une reprise d'un Terry Gilliam de derrière les « Pythons » : *Les Aventures du baron de Münchhausen*. Le genre de pépite qui le ferait craquer, j'en étais sûre. Le reste de la soirée m'appartiendrait. La nuit d'avant, il avait mis son groupe favori à fond la caisse. Je n'ai rien dit, ça n'avait duré que le temps d'un seul morceau. En tout cas, le doux piège a fonctionné. Et le fameux soir est arrivé.

En sortant du ciné, Karl rayonnait en récapitulant tout ce qui faisait du *Baron* un film génial. Je l'entends encore évoquer les effets visuels originaux et proches du théâtre fantastique, les contraintes financières ayant failli faire capoter le film, sa réalisation baroque et poétique, l'acteur anglais John Neville y campant un Cyrano lunaire — n'était-ce pas un pléonasme ? — et matamore, la fantaisie débridée, l'humour déraisonnable et la narration gigogne baignant dans des décors à la Méliès. Il ne s'est même pas rendu compte que j'avais glissé mon bras sous le sien, il était sur un nuage.

Il a tellement étayé sa pensée que nous nous sommes retrouvés devant notre immeuble sans avoir eu l'impression d'avoir marché une demi-heure. Et là, il s'est tu. J'ai enlevé mon bras et il a semblé découvrir cette proximité. Je sentais bien qu'il avait envie de ma compagnie, tout en la refusant. L'ascenseur a pris son temps. Devant ma porte ouverte, la température agréable maintenue depuis plusieurs heures par ma climatisation et mon regard suppliant, il a succombé et m'a suivie. Il est entré timidement et j'ai vu qu'il observait tout. Mon salon nettoyé nickel du matin, mes rayons encombrés de bouquins sur l'histoire de l'art et la petite table déjà dressée comme pour un dîner d'amoureux.

Je ne l'ai pas laissé souffler, lui ai proposé l'unique fauteuil ainsi que sa marque de bière favorite — lors de notre première vraie conversation sur le palier, j'avais entrevu des bouteilles vides traîner dans son désordre de célibataire. J'en ai apporté une décapsulée et sans verre. Il a apprécié et s'est détendu. Pendant que je m'affairais dans la minuscule cuisine — j'avais commandé un buffet froid chez un traiteur —, j'ai compris, au bruit des pages tournées, qu'il s'était emparé d'un beau livre sur les peintres. Quand je suis revenue avec un verre de Porto pour l'accompagner, il feuilletait doucement l'ouvrage sur ceux que je qualifie d'inclassables et de déjantés : Delvaux, Dali, Fini, Miro, Magritte

— mon favori — et quelques autres dont le surréalisme et l'étrange m'enchantent.

Il savourait une reproduction de mon chouchou, qui peignait la réalité comme une pensée abstraite, lorsque je me suis approchée. J'ai posé mon verre silencieusement et me suis agenouillée devant lui. S'apercevant de ma présence et de mon regard déterminé, il a refermé le livre. J'ai perçu son souffle court et les bruits de sa glotte en mouvement. J'ai délicatement soulevé sa chemise fétiche, j'ai posé ma main sur sa braguette. Il avait une érection très honorable. Il était pétrifié, une statue de marbre dont je pouvais sentir la dureté.

J'ai fait coulisser la fermeture éclair très doucement en murmurant

ceci n'est pas une pi 

Quotidien du 22 juin 2018.

Le grand sommeil

ROCHEFORT — Il s'est produit un fait-divers peu commun dans notre chère cité. Hier, en soirée, un écrivain célèbre a été retrouvé inanimé chez lui par un voisin et ami. Rapidement sur les lieux, les secours l'ont trouvé effondré sans connaissance sur le clavier d'une antique machine à écrire. Après intervention efficace du SAMU, il a été admis en service de réanimation au centre hospitalier de Rochefort. Cet écrivain n'est autre que Karl Pranbar — un pseudonyme de plume — qui habite notre bonne ville depuis près d'une décennie. Vivant seul, très discret et sortant peu, presque personne ne connaissait son existence dans nos murs. Même la Mairie interrogée ignorait qu'il faisait partie de ses administrés. Il a fallu ce malaise soudain pour en avoir la révélation.

Rappelons, pour les plus jeunes, que Karl Pranbar, âgé aujourd'hui de soixante-cinq ans, est l'auteur d'un best-seller policier, *Mortel puzzle*, ayant connu un franc succès au tout début des années 2000, jamais démenti depuis une quinzaine d'années. Gageons que ce malheureux problème de santé va relancer des ventes qui n'ont jamais cessé. Rappelons également que cet auteur peu prolifique a perdu sa femme, disparue dramatiquement au Japon, il y a une dizaine d'années de cela.

Dans un premier temps, et en attendant d'autres tests plus poussés, l'équipe du département réanimation a diagnostiqué une catalepsie fulgurante plongeant le patient dans un coma profond. Sous assistance médicale depuis son admission, l'écrivain ne semble cependant pas en danger. Aucun pronostic vital n'est engagé, son état stable reste cependant préoccupant pour le corps médical.

DÉCLIC

*J*oyau du temple bouddhiste Kinkaku-Ji à Kyoto, le Pavillon d'or exprime la sérénité. Les deux étages en pyramide de bois doré inspirent un calme respectueux, malgré les touristes qui se pressent à distance. Tout autour, la verdure, disciplinée par des horticulteurs minutieux, forme un écrin paisible. Le lac, sur lequel le Pavillon paraît flotter, est lisse. L'architecture divine s'y reflète en entier avec les cieux, les pins blancs et noirs, les grues en vol. Un miroir que de grosses carpes aux nageoires silencieuses n'arrivent pas à troubler. Symétrie des frondaisons bien taillées, sentiers pavés de pierres plates arpentés à pas mesurés, aires de sable sculptées par des dessinateurs habiles et légère brise pour faire glisser les ombres fugaces des rares nuages sur les cloisons d'or satiné contribuent à la beauté du tableau. Le vert tendre des feuilles et le jaune ambré du Pavillon semblent conçus pour attirer l'œil du peintre.

Et celui du photographe.

C'est à ces deux teintes que pense sûrement Diane qui s'est écartée de son groupe pour peaufiner ses cadrages. Grande et la quarantaine svelte, elle est assise en tailleur sur la rive en face du Pavillon. Elle guette le bon instant tout en savourant la sérénité de l'endroit.

Déclic.

La rafale immortalise le tableau patiemment composé.

Satisfaite du résultat et souriante, Diane se lève en s'étirant, après sa station immobile prolongée. Elle regarde vers le pavillon pour apercevoir Karl, censé sortir de sa cachette. Elle sait qu'il a calculé mentalement son temps de pose et qu'il ne tardera pas à réapparaître. Diane en profite pour enlever la bride de son appareil afin de le ranger dans son étui. Après une photo aussi réussie, elle peut se consacrer uniquement à la visite avec son époux. Son précieux compagnon qui la rend si heureuse de vivre. Il n'apparaît toujours pas et son dévouement à sa passion photographique l'émeut. Karl est irremplaçable. Pour elle.

Elle s'approche de la rive herbeuse et humide. Elle retient son geste de rangement, et si elle en profitait pour shooter une carpe en gros plan. Pour cela, elle change la mise au point. Elle scrute la surface et devine une forme ventrue nageant près du bord. Elle se rapproche encore silencieusement et épaule son objectif.

Sa semelle droite glisse malencontreusement,

son appareil photo lui échappe,

elle tente de le rattraper

et, d'une manière comique,

perd l'équilibre.

Fiche d'admission

Service : Réanimation

Chef de service : Dr Gélinot

Patient : Karl Prudan — 65 ans — écrivain sous le pseudo de Karl Pranbar

Admission : le 21 juin 2018 — véhicule SAMU

Examen — 21 juin 2018 :

Inconscience profonde du patient, lors de son entrée dans nos services.

Coma de stade 3 à confirmer.

Aucun trouble végétatif à signaler.

Inconscience paisible avec observations régulières de mouvements oculaires rapides (sommeil paradoxal).

Bon état général à l'examen clinique.

Les examens sanguins pratiqués ne révèlent aucune anomalie notable — voir Annexe 1 avec analyses de laboratoire en fin de dossier.

Les urgentistes du SAMU ont consigné la position du patient : inerte, en rigidité musculaire impressionnante.

Suspension complète des mouvements volontaires des muscles.

Patient amené en hospitalisation dans sa position initiale (à l'instant de sa perte de connaissance).

Électroencéphalogramme normal.

Aucun trouble psychiatrique et neurologique signalé par son entourage (voir Annexe 2 ci-dessous).

Diagnostic :

Trois types de formes d'inconscience sont à envisager :

– Narcolepsie prolongée (avec possibilité très rapide de sommeil paradoxal) ;

– Cataplexie émotive ;

– Catalepsie comateuse.

Notes :

Travail difficile des infirmières traitantes pour déplier et allonger le corps sur un lit anti-escarre.

Le patient est alimenté par sérum glucosé.

Aucune perte de poids depuis son admission.

Le patient longiligne présente un type fluocalcique avec, donc, prédilection pour les aliments sucrés.

Le service de psychiatrie du Dr Frot a pris contact avec le voisin et ami du patient, M. Paul Ducret, afin de compléter son dossier.

Dr Gélinot, Rochefort, le 24 juin 2018

Monsieur Paul

Et maintenant, que vais-je devenir, tout seul, si mon pote me lâche ? Si je ne peux plus pousser la porte d'à côté ? S'il meurt ?

Terminés les cafés à siroter ensemble, les vieux blues à faire tourner sur sa platine, les nuits blanches à partager…

Depuis le pénible entretien avec les deux médecins, je ne tiens plus en place. Lors de cet interrogatoire, j'ai éludé les cauchemars de Karl, récurrents depuis la mort de Diane, ses manies — comme celle de porter sans arrêt la chemise qu'il avait ce jour-là —, ses pratiques fantasques d'ours mal léché, son habitude de mal se nourrir, sans jamais prendre ou perdre un gramme, sa mélancolie tenace que moi seul égayais.

Je n'ai pas mentionné, non plus, notre sobriquet, *les Messieurs du troisième* ainsi que celui de Karl à mon égard : *Monsieur Popaul*. Rapport à ma jeunesse endiablée et mes fredaines perpétuelles. J'ai toujours été un homme à femmes, craquant devant le moindre cotillon, un célibataire impénitent, tandis que Karl avait été l'homme inconsolable d'un seul amour. Ces derniers temps, nous étions à égalité, le troisième âge nous avait rattrapés. L'appellation *Messieurs du troisième* ne faisait pas référence qu'à notre étage. Depuis quelques années, je ruminais ce goût de la conquête, dilué dans les méandres du temps qui passe. Un long fleuve qui m'emmenait tranquillement vers l'estuaire de la solitude et l'embarquement pour sous terre. Un coureur de jupons disqualifié par ses faux départs. Même avec la pilule bleue, les femmes ne me regardent plus, à l'instar de cette poulette du rez-de-chaussée qui me donne le torticolis avec ses robes courtes agaçantes. Je suis devenu transparent. La thune ne me sert plus qu'à séduire des professionnelles.

J'ai décidé de fouiner chez Karl, avec mon double des clés. Je ne suis pas revenu dans son appartement depuis que je l'ai découvert inconscient, la face enfouie dans les touches de sa machine. D'y déambuler, seul, sans lui, me culpabilise. Nous avions beau être très proches, je n'ai jamais fait l'inventaire de sa tanière, il ne me montrait que ce qu'il voulait.

Je ne sais pas vraiment ce que je cherche. Je commence par sa table de travail. Je détache la feuille encore en place sur sa machine à écrire. La dernière sur laquelle il travaillait à l'instant où… Tiens, elle se termine sur un truc bizarre.

Incompréhensible !

Je réalise très vite que son front a imprimé cette suite aléatoire de lettres en percutant le clavier. Quatre barres à caractère se sont emmêlées près du ruban et d'autres sont restées collées entre elles à mi-chemin sans redescendre. Je mate ce qu'il y a d'écrit au-dessus du truc bizarre. Intrigué, je vise le tas de feuilles empilées à côté. Je le saisis, m'assois sur son fauteuil et commence à lire.

Deux heures plus tard, j'ai fini. Je repose ce roman inachevé. J'ai la gorge serrée. Perturbé et heureux à la fois. Content qu'il se soit remis à écrire et très troublé par le résultat provisoire. Apparemment, mais ce n'était pas un secret — pour moi en tout cas —, il est toujours hanté par la mort de Diane. Mais pourquoi cette réécriture de son livre avec les mêmes villes, ces meurtres toujours sanglants et ce tueur invisible ? C'est la même histoire revisitée. Dans cette nouvelle version, Diane est présente.

Diane, la femme de sa vie. Jusqu'à sa mort.

Me reviennent nos sempiternelles discussions sur les femmes, l'amour et l'univers. Karl a toujours été pessimiste quant à l'avenir du genre humain, un athée pour qui tout ce qui nous entoure n'a aucun sens. Que faisons-nous sur cette microscopique boule en suspension, isolée dans des milliards de galaxies ? La vie et son apparition sur Terre — de la première infime bactérie à l'homme/ordinateur — le fascinent pourtant. Il a toujours eu le nez dans les étoiles, les yeux grand ouverts sur le ciel insondable. Chercher à comprendre sachant que l'on n'y arrivera jamais. Et cependant, tenter l'aventure…

Puis, il a rencontré Diane et le cosmos infini abritant l'absurdité des hommes a fait place à quelque chose de plus grand. Enfin, quelque chose de tangible, un être merveilleux à qui se raccrocher. Il en est presque devenu sociable. Alceste réconcilié avec son prochain. Une prochaine en l'occurrence, sa moitié d'orange, dont le diamètre s'adaptait parfaitement au sien.

Lorsqu'il me parlait de son amour pour elle, voilà qu'il reprenait le jargon de l'astrophysique qui, après l'avoir déprimé, le regonflait. Je me souviens de l'image qu'il prenait en exemple pour m'expliquer son coup de foudre cosmique. *C'est prévu et déjà calculé, notre Voie lactée et la galaxie d'Andromède entreront en contact dans quatre milliards d'années, elles ne se percuteront pas, mais fusionneront, car les distances entre les milliards d'étoiles qui les composent sont trop grandes pour un télescopage véritablement destructeur.* Diane et lui étaient pareils à ces nuages galactiques gazeux, éloignés et dissemblables, qui s'étaient rencontrés et unis dans un mélange harmonieux. Avec des dissensions internes, bien sûr, et quelques supernovae brillantes, rapidement éteintes. Paradoxalement sans gravité.

Et tout de suite après leur douce *collision* amoureuse, il a pondu son polar inusable, celui qui nous abreuve encore de mousse fraîche, si longtemps après sa parution. Je l'ai interrogé plusieurs fois sur son best-seller. Pourquoi a-t-il écrit cette histoire violente avec assassinats à l'arme blanche, avec ces geysers d'hémoglobine, avec ce tueur de femmes impitoyable ? Il m'a répondu qu'il avait peut-être voulu supprimer toutes les autres femmes, afin de ne garder que Diane. Elle seule méritait d'exister à ses yeux. C'était une preuve d'amour déguisée. Hélas, le destin, tueur invisible et imprévisible, a fait une victime supplémentaire. Diane est morte avec les autres, et pas que sur le papier.

Dans la vraie vie, le détective Luc Paduret — j'ai mis du temps à m'apercevoir que c'était l'anagramme de mon nom — n'existait pas et n'avait pu intervenir pour la sauver. Moi, Paul Ducret l'ami de chair et d'os, ai tout fait pour que Karl ne se flingue pas. J'ai même déménagé pour le suivre. Ne pas le perdre de vue. C'était facile, je n'ai jamais eu d'attaches. Et Karl avait du fric pour deux. Je me suis laissé faire. Je me suis occupé de tout, Karl m'a donné procuration et signature bancaire. À commencer par les funérailles de Diane. Lui, n'y a pas assisté. Depuis, je suis à ses côtés, guettant les bruits à travers la cloison nous séparant. Les hauts faibles et les bas profonds de mon ami, j'ai tout enduré. Le fantôme de Diane, dont le nom n'est plus jamais prononcé, flotte entre nous.

Je me lève et repose le tapuscrit à côté de la machine. J'ouvre des tiroirs, inspecte ses rayons, feuillette quelques bouquins — Poe, Mishima, Borges — coincés entre des revues d'astrophysique. Toute la matière de cette seconde version est sous mes yeux. Des articles sur des crimes inexpliqués dans de grandes villes internationales, une documentation conséquente sur l'artiste chinois Liu Bolin. Je scrute assez longtemps une photographie où le corps peint de l'artiste se fond dans l'arrière-plan fait d'endives, de tomates, de laitues et de choux. L'effet d'optique est hallucinant. Seules ses chaussures, couleur du sol, le trahissent. Et encore faut-il avoir les yeux dessus. Je remets tout en place. Une photo tombe d'une revue. Je la ramasse.

J'ai le cœur qui remonte dans la bouche.

En gros plan, la tête de Diane, ensanglantée, trempant dans le lac.

L'auréole pourpre qui semble s'agrandir.

La vie qui s'est échappée. La brutalité du destin à l'œuvre.

Il y a dix ans.

Je suis bouleversé par ce cliché que je n'avais jamais vu. Sans parler de tout ce que j'ai lu et découvert aujourd'hui chez mon pote. Je secoue d'autres revues et trois autres photos tombent. Accolées à la première, elles forment une animation macabre. Un étau m'enserre. Je rassemble les quatre photos et les pose sur le tapuscrit. Je vais me chercher une bière. Il reste un pack de *1664*. Je renifle et bazarde les pâtisseries marocaines qui commencent à se faire vieilles. En plus, je n'aime pas ça. Je termine ma bière en réfléchissant. Je dois apporter ce texte au psy. La série de photos aussi. Je ne peux pas faire autrement, malgré mon aversion pour le corps médical. À la dernière goulée, je suis décidé.

Au moment de m'emparer du tapuscrit, j'ai pitié de la machine à écrire bloquée qui semble, elle aussi, en catalepsie. Je remets délicatement en place les quelques tiges agglomérées en un bouquet métallique disgracieux. J'espère que le choc frontal de Karl ne l'a pas détraquée. Je dois faire un essai.

Je tape au hasard sur une touche. La lettre en relief s'élève et se bloque en percutant le ruban encré.

Et merde ! C'est un D.

Décidément !

FAUX PAS

La frontière entre la vie et la mort est ténue. Elle peut se mesurer en microns, l'épaisseur d'un fil. Assurément ce fameux fil mythique que les Parques pouvaient trancher net. Diane aurait pu simplement glisser et tomber sur les fesses comme le font quotidiennement les enfants en bas âge lorsqu'ils apprennent à marcher. Le destin en a voulu autrement. Le bord du lac était légèrement détrempé ce jour-là. L'abondante rosée matinale alliée à quelques éclaboussures projetées par les carpes et leurs fameux sauts. Malgré cette conjecture humide, elle aurait pu poser le pied deux ou trois centimètres à côté, et la glissade aurait été moindre. Elle aurait été la première à rire de cette maladresse avant de la relater à Karl, qui en faisant mine d'essuyer la boue de son pantalon, aurait profité de l'occasion pour la caresser. Cela aurait constitué un souvenir supplémentaire de vacances qui aurait été sublimé à force de le raconter. Une banale chute comique. Charlot glissant sur une peau de banane, un gag universel dont on ne se lasse jamais

Mais non.

Diane est partie en avant, et non en arrière.

Paul Ducret pose le dossier de Karl sur le bureau du psychiatre.

Le Dr Frot résume ses conclusions de vive voix : « le décès de Diane, tombée de sa hauteur le 14 juin 2008, s'est révélé intolérable pour votre ami et l'a plongé dans un état de sidération. Au sortir de ce traumatisme psychique majeur, il a eu une conduite d'évitement pendant la décennie suivante. Sa mémoire sélective a gommé la vraie raison de la mort de sa conjointe pour la remplacer par un fait-divers sanglant. Son chapitre *Déchirure* traduit bien la cruauté de cette séparation que le patient endure toujours.

Dans le nouveau tapuscrit, la découverte de son propre visage, masqué en assassin, révèle la culpabilité qu'il éprouve au sujet de cet accident. N'étant pas à ses côtés au moment de sa chute, il considère avoir tué Diane indirectement, par omission. Il a failli à son devoir, n'a pas pu la retenir. La fragmentation des véritables souvenirs, éparpillés dans sa mémoire, a permis une recomposition des événements sous forme de fiction.

Pour finir, le corps et l'esprit de votre ami n'ont peut-être pas supporté le premier échange érotique, depuis son deuil, avec cette voisine fictionnelle, qu'il a nommée Nadine — une anagramme parlante. C'est vraisemblablement ce qui l'a conduit dans nos services. »

Le Dr Frot lui laisse un moment de répit puis, doucement, revient sur la notion d'*estivation*. Ce mot rare s'apparente à un somnambulisme immobile dans lequel le dormeur, ayant stocké beaucoup de sucre en prévision, voyage en rêves.

Paul garde la tête baissée. Toute cette pseudoscience le dépasse. Il est, cependant, troublé et fasciné par les explications du psychiatre.

Lui revient en mémoire le roman de Yukio Mishima, le fameux « Pavillon d'or » que Karl lui avait prêté. En dehors de l'écoute de plages musicales habituelles, la lecture, côte à côte, était devenue une habitude. Elle imposait le silence et des échanges lorsque son pote le décidait. Dans le roman de Mishima, l'alliance de la beauté du Pavillon d'or et de sa fascination morbide aboutissait à sa destruction par le protagoniste principal, un jeune moine y mettant le feu. Dans la littérature et dans la vie, Eros et Thanatos mènent toujours la danse.

Le psychiatre, flairant son malaise et afin de clore l'entretien sur une note positive, lui raconte une légende rurale que Karl aurait certainement prisée.

Vivant seul sur sa propriété, un paysan somnambule se lève toutes les nuits et abat le travail du lendemain. À son réveil, exténué par ses travaux, il n'a plus de besogne à faire et il passe sa journée à récupérer. Ces horaires inhabituels perturbent ses vaches qui donnent un lait aigre, les poules pondent irrégulièrement, ses champs périclitent. On lui conseille de s'enfermer et de bien cacher la clé afin de contrecarrer ses sorties nocturnes. Vaine tentative, car son esprit assoupi connaît les cachettes les plus difficiles à dénicher. Il lui vient une idée. Il décide, après avoir bouclé sa porte, de mettre la clé au fond d'un seau d'eau froide. Comme ça, il se réveillera en la saisissant et pourra reprendre une nuit normale. Et ça marche.

Frot s'arrête de parler, il sait qu'il a de nouveau intéressé son vis-à-vis. Il termine en formulant une conclusion à sa théorie. Cette clé est celle de la réalité. Karl devra la récupérer au fond de son seau, au tréfonds de ses songes. Sa guérison complète est à ce prix.

Paul se lève, il est pris de vertige. Le bureau devant Frot semble onduler. Il se retient et s'appuie au bord du meuble.

La fatigue des derniers jours, sans doute.

Quand je suis arrivée en réa ce matin avec mon infirmière de garde préférée, le lit du patient mystère s'est mis à ondoyer. Comme une toile tendue frappée par une risée soudaine. Heureusement, Cécile, ma grande copine dans le service, était sur mes talons et a pu me retenir à temps, sinon je me serais étalée. Elle a ajouté en riant *eh bien! Élodie, tu as vraiment mérité tes vacances, essaie quand même de tenir le coup jusqu'à ce soir.* Je l'ai remerciée en spécifiant que j'allais bien profiter de ces congés, avec Laurent pour me dorloter.

Une vague de chaleur bienfaisante m'a envahie rien qu'à l'évocation du prénom de mon amoureux — je sais, c'est un mot désuet, voire cucul, mais qui colle parfaitement à ma récente relation avec Laurent. Enfin un partenaire qui n'évolue pas dans le sérail médical, un type incroyable qui, en plus d'être à mon goût, est bardé de diplômes littéraires, et qui passe sa vie dans les associations caritatives. Pas un rond en poche, une situation largement compensée par une richesse intérieure comme on n'en fait plus.

Je l'ai rencontré à une séance de cinoche où nous faisions la queue. Il avait envie de parler et moi aussi. Ce soir-là, j'étais seule, Cécile ayant annulé à la dernière minute. Moi, je n'aurais pas manqué *Los Olvidados* pour un empire. Je l'avais vu toute jeune à la télé et, là, cette reprise sur grand écran était incontournable. Laurent a été intarissable sur Luis Buñuel. Me faire draguer, en analysant les qualités d'un réalisateur mexicain décédé, était une première pour moi. Ça me changeait des chirurgiens franchouillards, de leurs blagues lourdingues de carabins et de leurs plans Q sans QI. Après le film, on est allés boire un pot et après le pot, on est allés…

Bref, depuis deux mois, on ne se quitte plus. Laurent rêve de vivre de sa plume, il me l'a dit dès le premier soir. Est-ce un métier ? Comment aspirer à une vie de galère au long cours, lui qui cachetonne déjà en donnant des cours particuliers de français, latin et grec ? Et pourtant, l'écriture, il n'y a que ça qui compte pour lui. À part moi, maintenant, bien sûr ! Je ne me la pète pas, il me l'a dit, les yeux dans les yeux. N'empêche, les rus alimentant les rivières, il a amassé un petit pécule pour s'offrir un voyage au Japon. Cette civilisation si originale, Kyoto et ses temples, Mishima et ses confrères en idéogrammes, la cuisine raffinée, geishas et samouraïs, tout l'attire. Il m'a demandé si ça m'intéressait, dix jours avec lui au Japon. Oh que oui ! Même à Bidon V, s'il en avait eu envie. Et donc, dès demain on embarque, je suis sur un nuage.

Et puis, je pense qu'au retour, on va emménager ensemble, mon studio est confortable pour une vie commune. Je n'ai plus que quelques mois à tirer et j'aurais mon diplôme hospitalier, l'argent ne sera plus un problème. Laurent va garder sa piaule minuscule pour écrire, c'est la seule condition qu'il m'impose.

Je veux bien être son mécène, je veux bien… Et puis, on s'aime, on se fout du reste ! Bon, j'arrête de divaguer, j'ai encore du taf pour la journée. Voyons voir ce que nous raconte Monsieur Karl, ce matin. Quand je dis raconter, ce n'est pas le mot adéquat. Il ne dit rien depuis son admission ici au troisième étage, celui des comateux. Et il ne bouge pas non plus, comme la majorité des patients à cet étage. Cet inerte Monsieur du troisième est un vrai écrivain, il paraît qu'il en vit, enfin en vivait, car à contempler cette bûche, on ne distingue pas la vie.

J'ai bien fait de choisir ce département, j'apprends tous les jours, tellement les cas sont différents. En ce moment, l'actualité la plus intéressante est ce Karl Prudan/Pranbar, débarqué il y a quinze jours chez nous, et raide comme un bout de bois. Il intrigue tout le service, même le grand ponte, Gélinot, qui patine et a, bien obligé, pris conseil auprès d'un psy. En vérifiant, avec Cécile, ses paramètres vitaux et le débit de sa perfusion, j'ai songé à ce patient sans famille. Seul au monde à part un copain, un certain Paul, aussi âgé que lui, et qui passe tous les jours. Pour lui parler. Ils doivent — devaient ? — être très proches. L'air triste de Paul, quand il quitte le service et que je le croise, m'émeut. Quoique j'ai bien noté aussi son regard un poil égrillard, lorsque j'apparais au chevet de son ami. J'ai parlé de Karl à Laurent qui a sursauté dès que j'ai mentionné son nom et son pseudo. Il le connaît, il a son bouquin en rayon, un polar célèbre, culte pour des générations de lecteurs. *Mortel j'sais pas quoi.* Moi je ne l'ai pas lu, j'ignorais même son existence. Laurent a dit qu'il l'emporterait au Japon pour que je le lise.

Ce matin, ma lecture s'est limitée à relever les chiffres sur les différents appareils. Je comprends la perplexité qui frappe le grand patron, car tous ses organes fonctionnent normalement, il n'a pas perdu un gramme depuis qu'il est rigidifié sur son matelas. Il est en forme, il ne lui reste plus qu'à soulever les paupières. À croire que le sérum glucosé le comble, lui suffit. On dirait qu'il dort, apaisé, sans remuer un orteil. Je suis restée quand même cinq minutes au pied de son lit. Et là, miracle !

Les doigts de la main droite de Karl se sont mis à bouger, timidement, puis de plus en plus vite ! Et sa main gauche s'y est mise aussi. Une idée saugrenue m'a traversée. J'ai eu le sentiment, non, j'en étais sûre…

Il tapait à la machine !

Filature

Cela fait deux semaines environ que je squatte cette affiche. Je ne sais pas ce qu'elle représente, sûrement quelque chose en rapport avec le monde médical, car j'ai bien compris dans quel endroit je me trouve. Je suis dans un hôpital et, perché sur le mur de ce couloir aseptisé, je vois et entends tout. Je sais que le Dr Gélinot, le chef du service, est déboussolé par mon attitude, ou plutôt mon absence d'attitude, à chacune de ses visites.Je sais tout, absolument tout, des vies de la jeune interne Élodie et de sa copine infirmière Cécile. Elles papotent toujours à mon chevet en essayant de faire parler les chiffres de l'électronique. Élodie me plaît beaucoup avec son grand amour naissant. Un type qui veut écrire mérite toute mon attention. On ne peut rien me cacher, je suis dans l'affiche et dans mon lit, avec une perception optimale à 360°.

Dans ce nouveau rêve, ou dans cette estivation, pour reprendre ce terme si joli à l'écoute, je contrôle tout. Je sais que je pourrai descendre de mon mur quand je voudrai, que je pourrai faire varier à ma guise mon don d'invisibilité et mettre en route mes cinq sens selon le besoin. Les ouvrir ou les faire taire complètement. Ces deux positions simultanées, verticale sur l'affiche et horizontale dans le lit, me font penser à mon second livre. Celui que j'écrivais lorsque je me suis effondré.

Les personnages de roman sont horizontaux, ils ne sont bien dans leurs peaux que couchés sur le papier. Dans le rêve, qui est une réalité fantasmée, ils sont verticaux, ils vivent dans une autre dimension.

Plongé dans cet état d'estivation, j'ai la conviction de pouvoir voyager où et quand je veux. Élodie est en congés ce soir, j'ai décidé de la suivre. Jusqu'à Kyoto puisque son « amoureux » est un admirateur, entre autres, de Mishima et de son « Pavillon d'or ».

J'accélère le temps, je sais faire ça sans explication, il suffit que je le veuille. J'entends le pas caractéristique d'Élodie, pressée de rentrer pour Laurent et la lune de miel qui se profile. Complètement transparent, je descends de l'affiche. Dessus, un type en blouse blanche, au sourire bienveillant, encourage aux dons d'organes. Il a oublié de vanter le don d'invisibilité.

Le slogan est « SAUVEZ UNE VIE ». On ne saurait mieux dire, c'est ce que je m'apprête à faire. Dans quelques jours, quand je serai au Japon, à Kyoto, au temple bouddhiste Kinkaku-Ji, je ferai le don de mon corps, de tous mes organes, s'il le faut, pour contrecarrer l'égorgeur.

Mais avant, une fois sur place, je devrai remonter le temps. Rien de plus facile pour un type horizontal/vertical dans mon genre. Je sais que dans mon rêve, passé, présent, et pourquoi pas avenir, se mêlent. C'est comme je veux.

Je vais retourner au Japon par un chemin onirique.

Et filer jusqu'au Pavillon d'or.

Je vais suivre Diane sur la rive en face pour être là.

À ses côtés.

Et ne plus la lâcher d'une semelle.

Je suis heureux.

La clé des songes

Tous mes derniers jours — ou mes dernières nuits, comment savoir ? — ont été tournés vers Élodie, la jeune interne que j'escorte depuis ma descente de l'affiche, et Laurent, son incurable coup de cœur. En me rendant invisible, j'ai pu m'évader de l'hôpital, observer leurs préparatifs de congés et prendre l'avion avec eux. Une véritable transportation par étapes et sans frais.

Nous voici à Kyoto près du temple bouddhiste Kinkaku-Ji et je suis paradoxalement serein, malgré le défi qui m'attend. Je viens de laisser partir leur groupe, je les vois tous deux étroitement enlacés et leur passion me donne le frisson. Je ne suis pas ici pour m'attendrir. Je m'isole et fais un bond de dix ans en arrière.

J'ouvre les paupières et me matérialise, ce terrible 14 juin 2008. Je m'approche de la rive et la silhouette ondoyante de mon reflet apparaît. C'est bien le même Karl, physiquement, avec son indécrottable chemise et, en plus, mon savoir, ma forme olympique et ma détermination.

Le Pavillon est devant moi.

Je vais réécrire ce chapitre, une bonne fois pour toutes !

Elle a le dos calé contre le bas d'un tronc. Je ne vois pas son visage masqué par l'appareil photo et une partie de sa longue chevelure brune. Sa main droite est figée en attente du déclic. Son bras gauche rigide soutient l'objectif. Elle patiente, fidèle à son protocole pour réaliser le meilleur cliché. Elle ne veut immortaliser que le Pavillon d'or et les éléments de la nature qui le ceignent. Diane guette le bon instant tout en savourant la fameuse sérénité de l'endroit.

Je m'éloigne du Pavillon et remonte dans sa direction. J'ai une longue minute devant moi avant que ce salopard, armé de son katana, ne surgisse de nulle part. J'ai mes cinq sens en éveil, je suis prêt, l'invisible va avoir une sacrée surprise.

J'arrive derrière le tronc à pas de loup. Je hume le parfum boisé qu'elle porte avec discrétion. Mon timing est parfait. Je suis aux aguets. L'horrible ondulation doit se produire.

J'attends.

Prêt à bondir.

Déclic.

La rafale immortalise le fabuleux tableau, patiemment composé. Et toujours rien ! Je suis désorienté, quelque chose cloche, l'AUTRE aurait déjà dû…

Satisfaite du résultat et souriante, Diane se lève en s'étirant après sa station immobile prolongée. Mon cœur fond. Elle regarde vers le Pavillon pour m'apercevoir, car, dans une autre vie, je suis censé sortir de ma cachette et réapparaître. Toutefois, la séquence a changé, mon rôle et mes déplacements ont été redistribués. Tout en restant dissimulé à sa vue, je lui tourne le dos, je suis sûr que le danger viendra de l'entrelacement des cèdres, des bambous et des anémones en arrière-plan. Il est également improductif que je la couve du regard trop longtemps, je pourrai abandonner le but impérieux de ma mission.

Je jette quand même un coup d'œil, le temps de voir Diane enlever la bride de son appareil afin de le ranger dans son étui. Après une photo aussi réussie, elle peut se consacrer à la visite. Je ne sais plus quoi faire ni où regarder. Elle s'approche de la rive herbeuse et humide. Elle retient son geste de rangement et règle la mise au point. Elle scrute la surface cherchant quelque chose près du bord. Elle se rapproche encore silencieusement et épaule son objectif.

L'AUTRE, l'innommable n'est toujours pas entré en scène.

Un wiiizzzz me fait tourner la tête vers Diane. Je vois sa semelle droite glisser malencontreusement, son appareil photo lui échapper. J'entends le bruit du déclencheur en rafale, elle tente de le rattraper et bascule en avant d'une manière si comique que j'esquisse un sourire.

Qui se fige. Je vois le rocher, je tends le bras. Trop tard !

Je ne peux que griffer l'air. Vainement !

Les images s'enchaînent. Terribles !

L'angle aigu de la pierre.

La gerbe de sang.

Mes lèvres hurlant son prénom.

Près du Pavillon, son prénom hurlé en écho...

Par un autre moi !

Des jumeaux inutiles devant cette tragédie !

Je suis à genoux près du corps de Diane.

Sa tête immergée dans le lac.

L'auréole de sang autour de ses cheveux.

L'autre moi courant comme un dératé.

Son prénom hurlé.

Encore et encore.

Tout est trop injuste.

Une stupide glissade.

Au mauvais moment.

Au mauvais endroit.

… et tu te réveilles !

Enfin !

DEMOISELLES

Depuis ton réveil, tout ce qui existe autour de toi a repris des couleurs. Finies les ombres dévorant les rayons du soleil, fini le sépia gommant les nuances. Chaque objet est sorti de son cocon de grisaille, chaque personne s'est redéfinie en tons pastel et, peu à peu, a viré aux couleurs chaudes. De même pour les senteurs qui titillent tes narines et, parfois, te font éternuer de plaisir. Ton corps trop longtemps ankylosé s'est réchauffé. Comme un mammouth sortant du permafrost. La reprise de mouvements simples par des kinés patients a été un grand moment, malgré la douleur et la difficulté à progresser. Les articulations ont été étirées millimètre par millimètre. Une renaissance physique où tes cris de souffrance se sont mêlés à tes cris de joie. Tes muscles longtemps inactifs ont été rééduqués un par un et tes premiers pas maladroits t'ont enthousiasmé comme un petit enfant. Tout à ta rééducation astreignante, tu as passé de longues nuits sans rêves. Ton corps physiquement essoré en journée, ta tête n'était plus encombrée en soirée. Diane et les bons souvenirs y étant liés ont reflué dans les tiroirs privilégiés de ta mémoire. Après presque trois mois de convalescence, tu as retrouvé le goût des plaisirs simples, le désir de sortir, de te promener avec ton vieux pote dans cette ville trop longtemps négligée.

Ne devrais-tu pas terminer ce roman, taper la fin sur ta vieille machine à écrire? La question de Paul ne te surprend pas. Tu t'y attendais depuis ta sortie de l'hôpital. Tu n'as pas encore décidé si ce roman avait une vraie fin. Cependant, tu lui souris sans répondre. Et il prend ça pour un oui. Il te connaît si bien, ce fidèle ami, ce frère. Tu l'as mal traité pendant si longtemps, alors qu'il t'a fait surnager dans ton maelström dépressif. C'est ton tour, tu dois te rattraper, t'en occuper et le cajoler.

Grâce à son opiniâtreté, à sa présence quotidienne, il t'a sauvé la mise. Et depuis deux mois, il te fait remonter la pente. Petit à petit. Après t'avoir soutenu durant les longues heures de kiné, il t'accompagne chaque semaine chez le Dr Frot pour des séances qui — tu dois le reconnaître — te font du bien. Ce psychiatre t'a également conseillé de boucler ton second roman. Ils ont raison, Paul et lui, tu dois tourner la page. Définitivement!

Aujourd'hui est le 14 juin et c'est la première fois que cette date ne t'effraie pas. Et si c'était un jour comme un autre?

Tu dors de mieux en mieux la nuit, tu te nourris plus convenablement — sans arrêter complètement la bière et les sucreries — et, surtout, tu sors. Paul te fait découvrir cette belle ville que tu as effleurée, tel un zombie, pendant dix ans. Comme l'été approche, vous vous baladez tous les jours. Tu n'en es pas encore à nouer d'autres relations, mais tu sens que *Popaul* — il faut que tu arrêtes de l'appeler comme ça, c'est lui aussi un monsieur du troisième âge — va vous inscrire dans une association. Il y a ce festival annuel de cinéma et de littérature qui promeut la zone Pacifique et qui te tenterait bien, les bénévoles cinéphiles étant les bienvenus. Tu en as glissé quelques mots à *Pop...* à Paul et tu as vu qu'il comprenait ton envie. À propos de cinoche, vous êtes servis aujourd'hui. Paul t'a entraîné sur la place Colbert et t'a fait asseoir sur un banc bien orienté pour profiter du spectacle. Il fait beau, la température est printanière et le vent nul. Une bande d'étudiants a décidé de recréer, *seulement pour le fun* ont-ils précisé en préambule, une séquence célèbre des *Demoiselles de Rochefort* sur les lieux mêmes du tournage. Le public assez nombreux est jeune et debout. Vous faites un tantinet tache avec ton pote. Tu t'en fous et, apparemment, les autres spectateurs aussi.

Deux étudiantes, *pas fatigantes à reluquer,* dixit Paul, déboulent de derrière un rideau rose fuchsia sur une petite scène improvisée, identique à celle de la fête foraine où les sœurs Garnier faisaient leur numéro. Emperruquées blonde et rousse, les deux jeunes femmes ont revêtu les longues robes rouges lamées, fendues au bon endroit avec un profond décolleté dans le dos, qui faisaient *un peu putes,* comme le soulignait Françoise Dorléac dans une immortelle rime. Elles portent des gants de la même couleur, dignes de Rita Hayworth dans *Gilda.* Elles descendent les trois marches disposées devant le rideau. Elles ont très belle allure et la ressemblance avec leurs illustres modèles est plus que convaincante. Paul te fait remarquer que celle de droite, la rousse, ressemble — malgré son costume et son maquillage appuyé — à la jeune femme qui habite au rez-de-chaussée de votre immeuble. Tu réponds *oui, peut-être...,* et la musique entraînante commence.

Tu sens que Paul est émoustillé, ses globes oculaires ont tendance à prendre du volume tels ceux du loup lubrique de Tex Avery. Toi-même, tu n'es pas insensible aux charmes de ces deux demoiselles qui ont entamé la chorégraphie du film. Leur play-back est également très professionnel.

> *Quand l'été a disparu*
> *Quand le temps s'en est allé*
> *Du côté des saisons, ma saison*
> *On ne peut que soupirer*
> *Regretter l'été*
> *Mais pour revivre un jour d'été*
> *Lorsque l'hiver s'est installé*
> *Et que votre cœur s'est glacé*
> *Il faut aimer...*

Voilà un hymne qui colle à ta nouvelle vie! C'est Paul qui a raison, tu t'es terré beaucoup trop longtemps dans ta neurasthénie.

> *Chanter la vie, chanter les fleurs*
> *Chanter les rires et les pleurs*
> *Chanter le jour, chanter la nuit*
> *Chanter le soleil et la pluie*
> *Chanter l'hiver, chanter le vent*
> *Chanter les villes et les champs*
> *Chanter la mer, chanter le feu*
> *Chanter la vie, chanter les fleurs*
> *Chanter les rires, chanter les pleurs*
> *Chanter la mer, chanter le feu*
> *Chantez la Terre pour être heureux-eux-eux!*

Le final est un triomphe, tu es debout avec Paul pour les acclamer. Les deux jumelles ont des étoiles dans les yeux. Tout le parterre estudiantin leur est acquis. Pendant l'ovation, la rousse vous remarque. Normal, vous êtes les deux seuls vieux à applaudir. Elle glisse un mot à sa partenaire et les jumelles du vingt et unième siècle vous font un signe de remerciement avant de vous souffler un baiser.

Tu es heureux. Tu penses à la suite de ton roman. Comment le terminer ?

Tu fermes les yeux. Une légère brise effleure ton visage. Tu imagines une douce ondulation parcourant le rideau rose fuchsia sur la petite scène.

Tu attends.

Table des matières

**Découvrez les autres ouvrages
de notre catalogue !**

http://www.editions-humanis.com

Luc Deborde
Éditions Humanis
BP 32059 – 98 897 Nouméa
Nouvelle-Calédonie

Mail : luc@editions-humanis.com

www.ingramcontent.com/pod-product-compliance
Lightning Source LLC
Chambersburg PA
CBHW021001160726
47994CB00006B/2325